南京文献精编

板桥杂记

（明末清初）余怀 著

续板桥杂记

（清）珠泉居士 撰

板桥杂记补

（清末民初）金嗣芬 编

点校 薛冰

南京出版传媒集团
南京出版社

图书在版编目（CIP）数据

板桥杂记；续板桥杂记；板桥杂记补 /（清）余怀
著；（清）珠泉居士撰；（清）金嗣芬编. -- 南京：南
京出版社，2024.6
（南京文献精编）
ISBN 978-7-5533-4674-8

Ⅰ.①板… Ⅱ.①余… ②珠… ③金… Ⅲ.①小品文
—作品集—中国—清代 Ⅳ.①I264.9

中国国家版本馆CIP数据核字（2024）第053726号

总 策 划　卢海鸣

丛 书 名　南京文献精编
书　　名　板桥杂记·续板桥杂记·板桥杂记补
作　　者　（明末清初）余怀　　（清）珠泉居士　　（清末民初）金嗣芬
出版发行　南京出版传媒集团
　　　　　南 京 出 版 社
　　　社址：南京市太平门街 53 号　　　　　邮编：210016
　　　网址：http://www.njcbs.cn　　　　　电子信箱：njcbs1988@163.com
　　　联系电话：025-83283893、83283864（营销）　025-83112257（编务）

出 版 人　项晓宁
出 品 人　卢海鸣
责任编辑　严行健
装帧设计　王　俊
责任印制　杨福彬

排　　版　南京新华丰制版有限公司
印　　刷　南京新洲印刷有限公司
开　　本　890 毫米 ×1240 毫米　　1/32
印　　张　5.875
字　　数　118千
版　　次　2024 年 6 月第 1 版
印　　次　2024 年 6 月第 1 次印刷
书　　号　ISBN 978-7-5533-4674-8
定　　价　40.00元

用微信或京东
APP扫码购书

用淘宝APP
扫码购书

总　序

　　南京是我国著名古都,有近 2500 年的有文献记载的建城史、约 450 年的建都史,素有"六朝古都""十朝都会"之誉。南京也是文化繁盛之地,千百年来,流传下来大量的地方文献,题材多样,内容丰富,这些文献是研究南京政治、经济、军事、文化、科技、外交和民风民俗的重要资料,是中华优秀传统文化的重要组成部分。做好历史文献的整理出版工作,深度挖掘传统文化资源,不仅有利于传承、弘扬南京历史文化,提升南京美誉度,扩大南京影响力,也有利于推动物质文明、政治文明、精神文明、社会文明和生态文明协调发展。

　　长期以来,大量的南京珍贵文献散落在全国各地的图书馆和民间,许多珍贵的南京文献被束之高阁,无人问津,有的随着岁月的流逝而湮没无闻。广大读者想要查找阅读这些散见的地方文献,费时费力,十分不便。为继承和弘扬好这一祖先留给我们的宝贵文化遗产,从 2006 年开始,南京出版社与南京市地方志编纂委员会办公室等单位通力合作,组织专家学者搜集南京历史上稀有的文献,将其整理出版,形成"南京稀见文献丛刊"。"南京文献精编"

就是从"南京稀见文献丛刊"中精心挑选而成,题材包括诗文、史志、实录、书信、游记、报告等,内容涵盖历史、地理、政治、经济、军事、文化、教育、宗教、民俗、陵墓、城市规划等方面,全方位、多视角地展示了南京文化的深层内涵和丰富魅力。

"睹乔木而思故家,考文献而爱旧邦。"我们希望通过这套"南京文献精编"丛书的出版,满足人民群众多层次、多方面、多样化阅读需求,打造代表新时代研究水平的高质量南京基础古籍版本,为推进中国式现代化南京新实践提供精神动力。

"南京文献精编"编委会

导　读

　　在明王朝苟延残喘的最后时日里,南京的秦淮河畔依然是一派歌舞升平的景象。已经直接威胁到国家生存的内乱和外患,对于江南的士人和江南的名妓,似乎都还十分遥远。待到北京失陷、清军入关,在弘光小朝廷旗帜下重新聚集起来的士人和妓女,忽然又都成了慷慨激昂的爱国主义者,使人不能不怀疑,这其实是时尚的另一副面孔。

　　当然,追求这种时尚,是要以生命为代价的。

　　在这些士人中,有一个名叫余怀的年轻人。他似乎没有留下什么忧国忧民的优胜纪略,战乱迫近时他曾经逃亡,待明白逃不脱时也就不逃了。他只是一介布衣,虽然诗做得好一些,在如过江之鲫的官僚与名士群中,并不起眼。他在妓院中的声名可能要大一些,因为他的家境富裕,出手阔绰,而且如贾宝玉那样,甘愿"为丫头们充役"。

　　余怀,字澹心,号曼翁,生于明万历四十四年(1616年),明王朝灭亡时,他才29岁。在清王朝的统治下,他又生活了半个多世纪。黄容《明遗民录》说他活到82岁,至少1695年他还在世。在他生命的最后几年中,改朝换代的"家国之痛"越来越强烈地咬啮着他的心。终于,他找到了一种合适的倾诉方式，就是以秦淮旧院这"风流渊薮"的变迁，来反映"一代之兴衰、千秋之感慨"。在《板桥杂记》的序言中，余怀明确宣称自己是"有为而作"。"郁志未伸，俄逢丧乱，静思陈事，返念无因"，他所追忆的内容，固然多为当年在秦淮青楼中作"风流领袖"之际遭逢的狭邪艳冶，但立意的基点，则在"鼎革以来，时移物换，十年旧梦，依约扬州，一片欢场，鞠为茂草"，"间亦过之，蒿藜满眼，楼馆劫灰，美人尘土。盛衰感慨，岂复有过此者乎"！

一

余怀的这种心态，得到了同时代诸多文人的赞许，《板桥杂记》也成为中国文化史上的一本奇书。尽管此前余怀已经出版过多种著作，也颇受好评，但论流传之广、影响之大，没有一种能与《板桥杂记》相比肩。后世有文人将其比喻为"曼翁之《春秋》"，以为余怀是用"《春秋》笔法"臧否晚明那一代士大夫，这固然没有说错，但仍失之皮相。明亡清兴之际，活跃在南京秦淮河畔的清流领袖，如钱谦益、龚鼎孳、吴梅村、侯方域等，集体失节，成为"贰臣"，确实让余怀这样的遗民感到失望。但更让他们心痛的，还是改朝换代的天翻地覆。余怀明确表示，他充当的是述说"天宝旧事"的"白头宫女"的角色。

与《板桥杂记》几乎同时问世、同样被作者自矜为"南都信史"的《桃花扇》，可以为我们解读《板桥杂记》提供一个有效的参照。《桃花扇》真正的价值所在，恰恰是让读者可以从中看出,在余怀、孔尚任生活的清代康熙年间,文人学士眼中已在变形的南明史,以及归顺新朝的汉族知识分子的某种心态。事实上,在清圣祖康熙平定三藩之乱后,所谓的"前明遗老"已失去政治上的意义,他们对于"遗民"身份有意无意的标榜,对于明末史事不能忘情的絮絮叨叨,至多只能算挽歌一曲罢了。"桃花扇底送南朝",使遗老和贰臣们得以在酒旗歌扇之间,对于自己真实的和伪装的心理重负,从此都有了一个交待。它在当时的大受欢迎也就不奇怪了。这应该就是《桃花扇》和《板桥杂记》在问世之际最大的"现实意义"。

对于今人来说,这种"亡国之痛"已不复存在。晚明士人的遭际与心境,已成为一种值得研究的文化现象。所以三百年来,《板桥杂记》中所陈述的另一种文化现象——青楼文化,便越来越为人所关注。值得一提的是,就像司马迁的《史记》为中国史书开创了一种新体例一样,《板桥杂记》也被推崇为青楼文化史的经典体例。除了直接与其挂钩的《续板桥杂记》《板桥杂记补》之外,有清一代,可以列出一串长长的"板桥系列"。关于南京的,就还有《秦淮画舫录》《画舫余谭》《白门新柳记》并《补记》《白门衰柳附记》等。全国各地就更多了,如《吴门画舫录》并《续录》《花国剧谈》《海上花列传》《海陬冶游录》并《附录》《余录》《雪鸿小记》《竹西花事小录》《燕台花事录》《帝城花样》《怀芳记》《京华春梦录》《珠江名花小传》《潮嘉风月记》,难以尽述。

本书中收录的《续板桥杂记》和《板桥杂记补》，著者的命意，就是作为《板桥杂记》的续书。

《续板桥杂记》成书于清乾隆四十九年（1784年），署珠泉居士著。从书中可以看出，著者姓吴，湖州人氏，大约是一个长期充任幕僚的小文人，生平事迹不详，只知道他还写过记述扬州妓女的《雪鸿小记》，常被附在《续板桥杂记》的后面。

在写作《缘起》中，著者说到，乾隆丙申（1776年）以后，秦淮妓业"繁华似昔"，他从乾隆四十五年（1780年）起，几度盘桓，"选胜征歌，兴复不浅"；然而短短几年之间，就有了"风流云散"的变化。因为对《板桥杂记》"留连神往"，所以这位珠泉居士不惜冒"续貂之病"，来作此书。其实明眼人都看得出来，著者所谓的"回首旧欢，无复存者"，不过是他所熟悉的几个妓女的消失；他的所谓沧桑之感，既没有国破家亡的大背景，也算不上秦淮妓业的真实反映，而完全是为了写作此书虚拟出来的。结果书中的内容，就只剩下了余怀所不屑的"狭邪之是述，艳冶之是传"。这种个人化的风月场纪实，自难免画虎成猫、狗尾续貂之诮。不过，因为此书与《板桥杂记》时代最相接近，著者也有意识地以余怀笔下的秦淮旧事作为比照，所以从反映青楼文化的角度来看，还是有着一定的价值的。

《板桥杂记补》在这三种书中，时代最晚，但篇幅最大，几乎是前两种之和的两倍。它完成于清宣统三年（1911年）春，印成问世，已是1934年。恽铁樵为此书作《跋》，将作者《自序》中的一句"伤心不嫌异代",解释为对清王朝灭亡的"先见",实属附会。著者金嗣芬的本意,是说他虽与余怀所处时代不同,但能够领略余怀写《板桥杂记》时的心情。三种书的著者中,只有金嗣芬是南京人。金嗣芬,字楚青,生活在晚清、民国年间。他少年求学时就喜欢搜集异闻轶事,成年后虽曾在上海时报馆写过"论议文字",又奉端方之命赴日本"调查学务"半年,但骨子里仍是一个旧式文人,后来还在江西做过小官。因为爱读《板桥杂记》,他遂做了个有心人,在读"盛清诸大家文集笔记"的时候,发现有相关的资料,就抄录下来,尤其是"曼翁所未及掇拾者"。而他的友人则指出,余怀生于当世,在涉及到某些人或事时,不能不有所回避;而金嗣芬所处,已是"亡无所讳"的时代,他所能搜集提供的材料,自然更丰富。《板桥杂记》《续板桥杂记》都有若干版本流传,而《板桥杂记补》只作为《睿灵修馆杂著之一》印行过一次,且为数不多,迄今七十余年,已难得一见。

此书的编例,与《板桥杂记》稍有不同。著者自述,在"出入诸家,取材众著,独纪金陵,非是弗录"上,两书相同;但《板桥杂记》只记南明"一时之事",而此书则上溯至明万历年间,使读者能了解秦淮香艳的发展历程。为其作序的程先甲,则认为两书还有三点不同:余怀所述是亲眼所见,金嗣芬则完全是搜辑文献;《板桥杂记》卷下《轶事》中,旁及狎客和帮闲,金书则没有;《板桥杂记》中所录的诗文,多为当时士人赠予妓女之作,金书中的《记言》一卷,则属"嗒古伤今,别有怀抱,凭吊之作"《板桥杂记补》所引录的数十种书籍,对于专家来说,或者不算什么秘籍珍本,但一般读者要寻找这些书,肯定会有相当大的困难。同时,也有些内容,是著者自己搜访而得,未见于前人著述。再就是著者的按语,和所记录同时代人的评语,在今天也已成为历史文献。其中不少内容,如马湘兰情重王伯谷,柳如是痛骂陈子龙,吴梅村辜负卞玉京,邢泪秋误嫁马士英,方芷鉴识杨龙友;如秦淮旧院兴废所反映的国事兴废,秦淮灯船的兴盛之状与衰落之因,《红楼梦》中"金陵十二钗"本于万历年间的金陵"十二钗",柳敬亭、苏昆生的坎坷生平,以及《燕子笺》写成年代的佐证等,相信读者和研究者都会有兴趣;其追源溯流,广搜博辑,为系统研究秦淮河畔的青楼文化,提供了更丰厚的基础。

二

《板桥杂记》这类作品,在今天还能不失其价值,受到读者的欢迎、研究者的关注,不是没有原因的,这就是其所由产生的基础——青楼文化,也要算中国传统文化的一大特色。在东西方文化中,娼妓定义的差别很大。西方的娼妓,就是以性的乱交换取经济利益的人,简单地说就是卖淫者。西方人上妓院,目的很明确,就是寻找性交对象。然而在中国,这一定义只能涵盖下层低级的娼妓活动,即被有些人称之为"人肉市场"的。对于中层尤其是高级妓女,性交易已经退到了相当次要的成份。中国的文人骚客光顾妓院,在某种程度上,是将妓院作为文化交际的场所,甚至将娼妓作为艺术交流的对象。文人在这"妖冶之奇境,温柔之妙乡"中,会旧友,结新知,开诗会,吟咏唱和,以至品评时政,商讨国事。他们通过妓女沟通信息,联络同好,直到利用妓女的宣传抬高自己的社会声名。他们教妓女作诗,替妓女改诗,序跋品评,抬高妓女的声价。而封建官僚们也会利用妓院作为通消息,行贿赂,拉帮结派的渠道。

与此相对应的是,妓女们也争相提高自己的文化素养,吹拉弹唱、琴棋书画,已不足为奇,直到吟诗作赋,都有能不让须眉的。越是文化素养高的妓女,越是能得到上层文化人的青睐;而与上层文化人的接触,无疑又有助于提高她们的文化素养尤其是文化名声。这就是当时人所说的"美人名士,相得益彰"。名士们推荐这种名妓给朋友,就像介绍一个诗友或同学,可以几乎没有猥亵的意味。他们与这种名妓之间,经常也就止于诗酒往来而不及乱,甚至有郑重其事地将名妓娶回家中的。

事情发展到极端,得到某位名妓的青眼,反过来竟会成为文人的荣誉;不能受到某名妓的接待,也能成为文人的羞辱。秦淮风月的盛名,主要就是由这两种人所造成。吴敬梓在《儒林外史》中曾写到一个书呆子,作了诗一心想得到某名妓的褒奖,以为扬名之捷径,结果大受奚落。有人以为这是吴先生的幽默,其实这种事情,在当时是不足为奇的,吴先生不过据实道来罢了。

到了晚明那个特殊的历史时期,为了赢得文人名士们的欢心,或者为了满足名士们的虚荣心,所谓"投时好以博资财",江南的名妓们也就纷纷学会了表演"爱国"热情和使用"爱国"语言。不能排除她们具有真实爱国精神的可能,在那种时代氛围的感召下,女性的情绪更容易被调动起来,以为自己的香肩上真的就承担着救国救民的使命。但她们在妓院里的这种表演,无论如何总有为满足士人心理需求而作秀的味道,也就只能属于一种商业运作。

三

在明末清初那数十年间,南京秦淮河畔的这种"名妓效应",能发展到极致,是同南京在明代的特殊地位紧密相关的。虽然永乐年间明王朝迁都北京,南京失去了首都的地位,但仍然是法定的"南都",有着完整的六部系统,所以是一个名副其实的副政治中心;同时,悠久的人文荟萃传统和江南科举的试场所在,使南京长期保持着文化中心的地位;特别值得指出的是,自从明初以南京为首都,南京官话逐渐成为全中国的通用语言,并且不受迁都影响,一直延续到晚清。南京官话在这数百年间的权威性,既说明了南京的文化地位,也增加着南京的吸引力;最后,时届晚明,国事日非,江南文人党社已有力量直接干预上层统治集团的决策,南京实际上成为持不同政见者的聚集中心。

但是这些文人,就其本质而言仍然是封建知识分子。忧国忧民并不妨碍他们继续保持花天酒地的生活方式,并不妨碍他们集体去做江南名妓的面首。不但秦淮河长板桥的妓院成了他们奢谈国事的场所,而且与江南名妓的缠绵居然也被罩上了爱国的外衣。尽管现在说起来总令人不免生滑稽之感,但这绝对不是幽默,而是当时的事实。

明代中叶以后的中国娼妓业,以南京为中心,也就不奇怪了。

在中国的文化传统中,女性从来就是被排斥在社会生活以外的,她们的天职就是闭门不出,说得冠冕堂皇些,是"相夫教子",说得刻薄些,就是充当男人的性交对象和家族的生育机器。抛头露面对于女子,即使出于迫不得已,也是一种羞耻。千百年来,无数女性默默无闻地走完了自己的人生途程,有的到死连名字都没有。女儿照例不载入娘家的家谱;而婆家的家谱中,也只是在丈夫的名下,有一个"妻某氏"的说明。有幸进入文字记载的女性,除了"妻以夫贵"、"母以子贵"者外,大约就只剩下了两种人:一是遭逢乱世的贞女节妇,一是将入乱世或粉饰盛世的倡优歌妓。

钦定的正史和官修的方志里,都少不了浩浩荡荡的"列女传",其事迹则多简略类同,而且过于庄严肃穆,读来令人生一种难以言诉的压抑。时至今日,除了专门的研究者,恐怕很少有人会再去细看。倒是诗文笔记中关于倡优歌妓的描述,无不绘声绘色,一波三折,引人入胜,其结果是造成读者对青楼文化的浓烈兴趣。关注参予者既多,必然使其发展更为丰满,就像滚雪球一样越裹越大。青楼文化由此成为中国文化中不可忽略的一支。这其中,《板桥杂记》等著作,立意较高,不但在描写中绝不涉猥亵,而且超越了青楼文化的局限,能够为读者提供更为广阔的文化视野,所以在今天,还有重新印行的价值。现将《桥桥杂记》《续板桥杂记》《板桥杂记补》三书标点编目,汇为一册,以方便今日的读者。

《板桥杂记》传世版本甚多,今以清人叶德辉《双梅影阁丛书》本为底本,参以《虞初新志》《秦淮香艳丛书》《香艳丛书》《南京文献》等所收之本,及中央书店旧版本;《续板桥杂记》以《秦淮香艳丛书》本为底本,参以《虞初续志》、《香艳丛书》、《南京文献》等所收之本;《板桥杂记补》仅见"睿灵修馆杂著"本,遇有疑难之处,则查其所摘引之原书,均择善而从,不出校记,谨此说明。

薛　冰

板橋雜記上卷

明　江甯余　懷著

雅游

金陵，爲帝王建都之地，公侯戚畹，甲第連雲，宗室王孫，翩翩裘馬，以及烏衣子弟，湖海賓游，靡不挾彈吹簫，經過趙李，每開筵宴，則傳呼樂籍，羅綺芬芳，行酒糾觴，留髠送客，酒闌棋罷，墮珥遺簪，眞欲界之仙都，昇平之樂國也。

舊院人稱曲中，前門對武定橋，後門在鈔庫街，妓家鱗次，比屋而居，屋宇精潔，花木蕭疏，迥非塵境，到門，則銅環半啓，珠箔低垂，升階，則猧兒吠客，鸚哥喚茶，登堂，則假母肅迎，分賓抗禮，進軒，則丫鬟畢敬捧觴，而出坐久，則水陸備至，絲竹競陳，定情則目挑心招，綢繆宛轉，執袴少年，繡腸才子，無不魂迷色陣氣盡，雄風矣。妓家僕婢稱之曰娘，外人呼之曰小娘，假母稱之曰娘兒，有客稱客曰姐夫，客稱假母曰外婆。

樂戶統於敎坊司，有一官以主之，有衙署，有公座，有人役刑杖籤牌之類，有冠有帶，但見客則不敢拱揖耳。

妓家各分門戶，爭妍獻媚，鬬勝誇奇，凌晨則卯飲淫淫，蘭湯灧灧，衣香一室，停午，乃蘭花茉莉沈水甲煎，馨聞數里入夜，而撾笛搊箏，梨園搬演，聲徹九霄，李十爲首，沙顧次之，鄭頓崔馬又其次也。

長板橋在院牆外數十步，曠遠芊綿，水煙凝碧，迥光鷺峯兩寺夾之，中山東花園亙其前，秦淮朱雀桁遠

續板橋雜記上卷

珠泉居士著

雅游

秦淮古佳麗地。自六朝以來。青溪笛步間。類多韻事。洎乎前明。輕煙澹粉。燈火樓臺。號稱極盛。迨申酉之交。一片歡場化為瓦礫。每覽板橋前記。美人黃土。名士青山。良可慨巳。迨承平既久。風月撩人。十數年來。

清步云轩版《续板桥杂记》书影

序

金陵者水月之名都風流之巨藪山川佳麗產靈實於閒媛煙水釀融濱後庭於商女蓋金迷紙醉之境粉日黛綠之委實足奪北里之胭脂掩東山之絲竹所謂南朝金粉喧人口由來舊矣北其江山煙染花月雕鏤媛娜綺絲於子夜朝朝暮月不照離人步步金蓮都留香逆迤前柳絮烏衣詠雪之家渡口桃根雀榜呼船之路尚乎仙如姑射嬙是溫柔然而艷夢難長歡場易歌倏芳其頰滅旋花事之飄雲楊柳閣閉臺城之雨棗花簾下笙歌罷笛步之潮秋水流水之低倒鴉樓何處金縷花枝之寄託鴬語聞闌未免魂演戲朱絲綫燕子之篋秋水呼卿紅桑戲日留都道般名士春燈何埠夢懷況乃惑均頑艷變極滄架冷鸚哥之苑家山破矣風月漊然新亭更上之時能無流沸舊院重來之日那不傷神團扇桃花瓶香之樓安在荒墳蘭草湘君所

版橋雜記補〇序

民国寒灵修馆版《板桥杂记补》书影

总目录

南京文献精编

板桥杂记

（明末清初）余怀 著

点校 薛冰

南京出版传媒集团
南京出版社

《板桥杂记》目录

题《板桥杂记》

　　余子曼翁以所著《板桥杂记》示予为序,予间阅之,大抵《北里志》《平康记》之流。南部烟花,宛然在目,见者靡不艳之,然未及百年,美人黄土矣。回首梦华,可胜慨哉!或曰:"曼翁少年,近于青楼薄幸,老来弄墨,兴复不浅。子方洗心学道,何为案头着阿堵物?"予笑曰:"昔明道眼前有妓,心中无妓,伊川眼前无妓,心中有妓,以定二程优劣。今曼翁纸上有妓,而艮翁笔下故无妓也,何伤乎一序之!"长洲尤侗。

《板桥杂记》小引

　　余自有知识以来，即闻明隆、万时，白门旧院之盛，不知我之前生，亦曾与二三佳丽促膝谈心否也。因思我辈，既为情种，复擅才华，苟其伉俪得人，美而不妒，遴芳选艳，惜技怜才，快意当前，夫复何憾。如或遇非其偶，援哙等以伍淮阴，玉树蒹葭，争光殊耻；其或外有可观，徒以妍皮而裹痴骨，有倡无和，同于向隅；又或才貌兼优，心怀媢嫉，防闲俊婢，禁锢青衣，若此等流，莫能殚述。所幸烟花不坠，风月长新，辟乐国于平康，创柔乡于衢术，莺喉燕态，尽属奇观，蝶使蜂媒，都归大雅。于是骚坛才子，艺苑名流，五伦之外，无妨别缔良缘，两姓之余，到处可逢佳偶，联吟则倡予和汝，同梦亦任意随心。似此胜游，真堪神往。不谓数十年来，所谓长板桥者，徒与荒烟蔓草为邻而已，不亦深可叹哉。余澹心先生生于神宗之代，观其所著《板桥杂记》，已不胜今昔之感，又况余辈少先生三十余岁，徒于传闻中识其影响而已。然犹幸得此帙读之，尚可想见其万一也。心斋张潮撰。

《板桥杂记》序

余 怀

或问余曰:"《板桥杂记》何为而作也?"余应之曰:"有为而作也!"或者又曰:"一代之兴衰,千秋之感慨,其可歌可录者何限,而子惟狭邪之是述,艳冶之是传,不已荒乎?"余乃听然而笑曰:"此即一代之兴衰、千秋之感慨所系也!金陵古称佳丽之地,衣冠文物,盛于江南,文采风流,甲于海内,白下青溪,桃叶团扇,其为艳冶也多矣。洪武初年,建十六楼以处官妓,淡烟、轻粉、重译、来宾,称一时之盛事。自时厥后,或废或存,迨至百年之久,而古迹浸湮,所存者惟南市、珠市及旧院而已。南市者卑屑妓所居,珠市间有殊色,若旧院则南曲名姬、上厅行首皆在焉。余生也晚,不及见南部之烟花,宜春之子弟,而犹幸少长承平之世,偶为北里之游。长板桥边,一吟一咏,顾盼自雄,所作歌诗,传诵诸姬之口,楚润相看,态娟互引,余亦自诩为平安社书记也。鼎革以来,时移物换,十年旧梦,依约扬州,一片欢场,鞠为茂草。红牙碧串,妙舞清歌,不可得而闻也;洞房绮疏,湘帘绣幕,不可得而见也;名花瑶草,锦瑟犀毗,不可得而赏也。间亦过之,蒿藜满眼,楼馆劫灰,美人尘土。盛衰感慨,岂复有过此者乎?郁志未伸,俄逢丧乱,静思陈事，返念无因，聊记见闻，用编汗简，效东京梦华之录，标崖公蚬斗之名，岂徒狭邪之是述，艳冶之是传也哉？"客跃然而起曰："如此，则不可以不记。"于是作《板桥杂记》。

卷上　雅游

金陵为帝王建都之地,公侯戚畹,甲第连云,宗室王孙,翩翩裘马,以及乌衣子弟,湖海宾游,靡不挟弹吹箫,经过赵李。每开筵宴,则传呼乐籍,罗绮芬芳,行酒纠觞,留髡送客,酒阑棋罢,堕珥遗簪,真欲界之仙都,升平之乐国也。

旧院,人称曲中,前门对武定桥,后门在钞库街。妓家鳞次,比屋而居,屋宇精洁,花木萧疏,迥非尘境。到门则铜环半启,珠箔低垂;升阶则狗儿吠客,鹦哥唤茶;登堂则假母肃迎,分宾抗礼;进轩则丫环毕妆,捧艳而出;坐久则水陆备至,丝肉竞陈;定情则目挑心招,绸缪宛转。纨绔少年,绣肠才子,无不魂迷色阵,气尽雌风矣。妓家仆婢称之曰"娘",外人呼之曰"小娘",假母传声曰"娘儿",有客称客曰"姐夫",客称假母曰"外婆"。

乐户统于教坊司,司有一官以主之,有衙署,有公座,有人役、刑杖、签牌之类,有冠有带,见客则不敢拱揖耳。

妓家分别门户,争妍献媚,斗胜夸奇。凌晨则卯酒浮浮,兰汤滟滟,衣香一室;亭午乃兰花茉莉,沉水甲煎,馨闻数里;入夜而抦笛挝筝,梨园搬演,声彻九霄。李、卞为首,沙、顾次之,郑、顿、崔、马,又其次也。

长板桥在院墙外数十步,旷远芊绵,水烟凝碧。回光、鹫峰两寺夹之,中山东花园亘其前,秦淮朱雀桁绕其后,洵可娱目赏心,漱涤尘襟。每当夜凉人定,风清月朗,名士倾城,簪花约鬓,携手闲行,凭栏徙倚。忽遇彼姝,笑言宴宴,此吹洞箫,彼度妙曲。万籁俱寂,游鱼出听,洵太平盛事也。

秦淮灯船之盛,天下所无。两岸河房,雕栏画槛,绮窗丝障,十里珠帘。客称既醉,主曰未归,游楫往来,指目曰某名姬在某河房,以得魁首者为胜。薄暮须臾,灯船毕集,火龙蜿蜒,光耀天地,扬槌击鼓,蹴顿波心。自聚宝门水关至通济门水关,喧阗达旦。桃叶渡口,争渡者喧声不绝。余作《秦淮灯船曲》,中有云:"遥指锺山树色开,六朝芳草向琼台,一围灯火从天降,万片珊瑚驾海来。"又云:"梦里春红十丈长,隔帘偷袭海南香,西霞飞出铜龙馆,几队蛾眉一样妆。"又云:"神弦仙管玻璃杯,火龙蜿蜒波崔嵬,云连金阙天门迥,鹤舞银城雪窖开。"皆实录也。嗟乎,可复见乎!

教坊梨园,单传法部,乃威武南巡所遗也。然名妓仙娃,深以登场演剧为耻,若知音密席,推奖再三,强而后可。歌喉扇影,一座尽倾,主之者大增气色,缠头助采,遽加十倍。至顿老琵琶,妥娘词曲,则只应天上,难得人间矣。

裙屐少年,油头半臂,至日亭午,则提篮挈榼,高声唱卖逼汗草、茉莉花。娇婢卷帘,摊钱争买,捉腕撩胸,纷纭笑谑。顷之乌云堆雪,竟体芳香矣。盖此花苞于日中,开于枕上,真媚夜之淫葩,殢人之妖草也。建兰则大雅不群,宜于纱橱文榭,与佛手、木瓜,同其静好。酒兵茗战之余,微闻芗泽,所谓王者之香,湘君之佩,岂淫葩妖草所可比缀乎!

南曲衣裳妆束,四方取以为式。大约以淡雅朴素为主,不以鲜华绮丽为工也。初破瓜者,谓之梳拢;已成人者,谓之上头;衣饰皆主之者措办。巧样新裁,出于假母,以其余物,自取用之，故假母虽年高，亦盛妆艳服，光彩动人。衫之短长，袖之大小，随时变易，见者谓是时世妆也。

曲中女郎，多亲生之母，故怜惜倍至。遇有佳客，任其留连，不计钱钞；其伧父大贾，拒绝弗与通，亦不怒也。从良落籍，属于祠部，亲母则所费不多，假母则勒索高价。谚所谓"娘儿爱俏，鸨儿爱钞"者，盖为假母言之也。

旧院与贡院遥对，仅隔一河，原为才子佳人而设。逢秋风桂子之年，四方应试者毕集，结驷连骑，选色征歌，转车子之喉，按阳阿之舞。院本之笙歌合奏，回舟之一水皆香，或邀旬日之欢，或订百年之约。蒲桃架下，戏掷金钱，芍药栏边，闲抛玉马，此平康之盛事，乃文战之外篇。迨夫士也色荒，女兮情倦，忽裘敝而金尽，亦遂欢寡而愁殷，虽设阱者之恒情，实冶游者所深戒也。青楼薄幸，彼何人哉。

曲中市肆，精洁殊常。香囊云舃，名酒佳茶，饧糖小菜，箫管瑟琴，并皆上品。外间人买者，不惜贵价，女郎赠遗，都无俗物，正李仙源《十六楼集句》诗中所云"市声春浩浩，树色晚苍苍，饮伴更相送，归轩锦绣香"也。

发象房配象奴，不辱自尽，胡闺妻女发教坊为娼，此亘古所无之事也。追诵火龙铁骑之章，以为叹息。

虞山钱牧斋《金陵杂题》绝句，中有数首云："淡粉轻烟佳丽名，开天营建记都城。而今也入烟花部，灯火樊楼似汴京。""一夜红笺许定情，十年南部早知名。旧时小院湘帘下，犹记鹦哥唤客声。"（旧院马二娘，字晃采）"惜别留欢限马蹄，勾栏月白夜乌啼。不知何与汪三事，趣我欢娱伴我归。""别样风怀另酒肠，伴他薄幸耐他狂。天公要断烟花种，醉杀瓜州萧伯梁。""顿老琵琶旧典型，檀槽生涩响零丁。南巡法曲谁人问，头白周郎掩泪听。"(绍兴周禹锡，喜听顿老琵琶)"旧曲新诗压教坊，缕衣垂白感湖湘。闲开闰集教孙女，身是前朝郑妥娘。"(郑如英，小名妥娘，诗载《列朝诗选闰集》中)新城王阮亭《秦淮杂诗》，中有二首云："旧院风流数顿杨，梨园往事泪沾裳。樽前白发谈天宝，零落人间脱十娘。""旧事南朝剧可怜，至今风俗斗婵娟。秦淮丝肉中宵发，玉律抛残作笛钿。"以上皆伤今吊古，感慨流连之作，可佐南曲谈资者，录之以当哀丝急管。黄山谷云："解作江南断肠句，世间惟有贺方回。"倘遇旗亭歌者，不能不画壁也。

八琼逸客曰：此记须用冷金笺，画乌丝栏，写《洛神赋》小楷，装以云鸾缥带，贮之蛟龙箧中，薰以沉水迷迭，于风清月白红豆花间开看之，可也。

卷中　丽品

余生万历末年，其与四方宾客交游，及入范大司马莲花幕中，为平安书记者，乃在崇祯庚、辛以后。曲中名妓，如朱斗儿、徐翩翩、马湘兰者，皆不得而见之矣。则据余所见而编次之，或品藻其色艺，或仅记其姓名，亦足以徵江左之风流，存六朝之金粉也。昔宋徽宗在五国城，犹为李师师立传，盖恐佳人之湮没不传，作此情痴狡狯耳。风乍起，吹绉一池春水，干卿何事？彼美人兮，巧笑倩兮，美目盼兮；彼君子兮，中心藏之，何日忘之。

尹春，字子春，姿态不甚丽，而举止风韵，绰似大家。性格温和，谈词爽雅，无抹脂障袖习气，专工戏剧排场，兼擅生旦。余遇之迟暮之年，延之至家，演《荆钗记》，扮王十朋，至《见母》《祭江》二出，悲壮淋漓，声泪俱迸，一座尽倾，老梨园自叹弗及。余曰："此许和子《永新歌》也。谁为韦青将军者乎。"因赠之以诗曰："红红记曲采春歌，我亦闻歌唤奈何；谁唱江南断肠句，青衫白发影婆娑。"春亦得诗而泣，后不知其所终。嗣有尹文者，色丰而姣，荡逸飞扬，顾盼自喜，颇超于流辈。太平张维则昵就之，惟其所欲，甚欢，欲置为侧室，文未之许；属友人强之，文笑曰："是不难，嫁彼三年，断送之矣。"卒归张。未几文死。张后十数年亦亡，仕至监司，负才华，任侠轻财结客，磊落人也。

李十娘，名湘真，字雪衣。在母腹中，闻琴歌声，则勃勃欲动。生而娉婷娟好，肌肤玉雪，既含睇兮又宜笑，殆《闲情赋》所云"独旷世而秀群"者也。性嗜洁，能鼓琴清歌，略涉文墨，爱文人才士。所居曲房密室，帷帐尊彝，楚楚有致；中构长轩，轩左种老梅一树，花时香雪霏拂几榻；轩右种梧桐二株，巨竹十数竿，晨夕洗桐拭竹，翠色可餐。入其室者，疑非人境。余每有同人诗文之会，必主其家。每客用一精婢，侍砚席，磨隃糜，爇都梁，供茗果，暮则合乐酒宴，尽欢而散。然宾主秩然，不及于乱。于时流寇讧江北，名士渡江侨金陵者甚众，莫不艳羡李十娘也。十娘愈自闭匿，称善病，不妆饰，谢宾客。阿母怜惜之，顺适其意，婉语词逊弗与通。惟二三知己，则欢情自接，嬉怡忘倦矣。后易名贞美，刻一印章曰"李十贞美之印"。

余戏之曰:"美则有之,贞则未也。"十娘泣曰:"君知儿者,何出此言?儿虽风尘贱质,然非好淫荡检者流,如夏姬、河间妇也。苟儿心之所好,虽相庄如宾,情与之洽也;非儿心之所好,虽勉同枕席,不与之合也。儿之不贞,命也,如何。"言已泣下沾襟。余敛容谢之曰:"吾失言,语过矣!"十娘有兄女曰媚姐,十三才有余,白晰,发覆额,眉目如画,余心爱之。媚亦知余爱,娇啼婉转,作掌中舞。十娘曰:"吾当为汝媒。"岁壬午入棘闱,媚日以金钱投琼,卜余中否。及榜发落第,余乃愤郁成疾,避栖霞山寺,经年不相闻矣。鼎革后,泰州刺史陈澹仙,寓丛桂园,拥一姬,曰姓李。余披帏见之,媚也。各黯然掩袂。问十娘,曰:"从良矣。"问其居,曰:"在秦淮水阁。"问其家,曰:"已废为菜圃。"问老梅与梧竹无恙乎,曰:"已摧为薪矣。"问阿母尚存乎,曰:"死矣。"因赠以诗曰:"流落江湖已十年,云鬟犹卜旧金钱。雪衣飞去仙哥老,休抱琵琶过别船。"

葛嫩,字蕊芳。余与桐城孙克咸交最善,克咸名临,负文武才略,倚马千言立就,能开五石弓,善左右射,短小精悍,自号"飞将军",欲投笔磨盾,封狼居胥,又别字曰武公,然好狭邪游,纵酒高歌,其天性也。先昵珠市妓王月,月为势家夺去,抑郁不自聊,与余闲坐李十娘家。十娘盛称葛嫩才艺无双,即往访之,阑入卧室,值嫩梳头,长发委地,双腕如藕,面色微黄,眉如远山,瞳人点漆,教请坐。克咸曰:"此温柔乡也,吾老是乡矣!"是夕定情,一月不出,后竟纳之闲房。甲申之变,移家云间,间道入闽,授监中丞杨文骢军事,兵败被执,并缚嫩。主将欲犯之,嫩大骂,嚼舌碎,含血喷其面,将手刃之。克咸见嫩抗节死，乃大笑曰："孙三今日登仙矣！"亦被杀。中丞父子三人同日殉难。

李大娘，一名小大，字宛君，性豪侈。女子也，而有须眉丈夫之气。所居台榭庭室，极其华丽。侍儿曳罗縠者十余人，置酒高会，则合弹琵琶筝瑟；或狎客沈元、张卯、张奎数辈，吹洞箫笙管，唱时曲，酒半，打十番鼓。曜灵西匿，继以华灯，罗帏从风，不知喔喔鸡鸣，东方既白矣。大娘尝言曰："世有游闲公子，聪俊儿郎，至吾家者，未有不荡志迷魂、没溺不返者也。然吾亦自逞豪奢，岂效龊龊倚门市娼与人较钱帛哉！"以此得侠妓声于莫愁、桃叶间。后归新安吴天行（或云吴大年）。天行钜富，赀产百万，体羸素善病，后房丽姝甚众，疲于奔命。大娘郁郁不乐。曩所欢胥生者，赂仆婢通音耗。渐托疾，客荐胥生能医。生得入见大娘。大娘以金珠银贝，纳药笼中，挈以出，与生订终身约。后天行死，卒归胥生。胥生本贫士，家徒四壁立，获吴氏赀，渐殷富，与大娘饮酒食肉相娱乐，教女娃数人歌舞。生复以乐死。大娘老矣，流落阛阓，仍以教女娃歌舞为活。余犹及见之。徐娘虽老，尚有风情，话念旧游，潸焉出涕，真如华清宫女，说开元、天宝遗事也。昔杜牧之于洛阳城东，重睹张好好，感旧伤怀，题诗以赠，末云："朋游今在否，落拓更能无。门馆恸哭后，水云秋景初。斜日挂衰柳，凉风出座隅。酒尽满襟泪，短歌聊一书。"正为今日而说。余即书于素扇以贻之。大娘捧扇而泣，或据床以哦，哀动邻壁。

顾媚，字媚生，又名眉。庄妍靓雅，风度超群，鬒发如云，桃花满面，弓弯纤小，腰支轻亚，通文史，善画兰，追步马守真,而姿容胜之,时人推为南曲第一。家有眉楼,绮窗绣帘,牙签玉轴,堆列几案,瑶琴锦瑟,陈设左右,香烟缭绕,檐马丁当。余尝戏之曰:"此非眉楼,乃迷楼也。"人遂以迷楼称之。当是时,江南侈靡,文酒之宴,红妆与乌巾紫裘相间,座无眉娘不乐。而尤艳顾家厨食品,差拟郇公李太尉,以故设筵眉楼者无虚日。然艳之者虽多,妒之者亦不少。适浙东一伧父,与一词客争宠,合江右某孝廉互谋,使酒骂座,讼之仪司,诬以盗匿金犀酒器,意在逮辱眉娘也。余时义愤填膺,作檄讨罪,有云:"某某本非风流佳客,谬称浪子端庄,以文鸳彩凤之区,排封豕长蛇之阵,用诱秦诳楚之计,作摧兰折玉之谋,种凤世之孽冤,煞一时之风景"云云。伧父之叔为南少司马,见檄斥伧父东归,讼乃解。眉娘甚德余,于桐城方瞿庵堂中,愿登场演剧为余寿。从此摧幢息机,矢脱风尘矣。未几归合肥龚尚书芝麓。尚书雄豪盖代,视金玉如泥沙粪土,得眉娘佐之,益轻财好客,怜才学士,名誉盛于往时。客有求尚书诗文及乞画兰者,缣笺动盈箧笥,画款所书横波夫人者也。岁丁酉,尚书挈夫人重过金陵,寓市隐园中林堂。值夫人生辰,张灯开宴,请召宾客数十百辈,命老梨园郭长春等演剧。酒客丁继之、张燕筑及二王郎(中翰王式之,水部王恒之)串王母瑶池宴。夫人垂珠帘,召旧日同居南曲呼姊妹行者与谶,李大娘、十娘、王节娘皆在焉。时尚书门人楚严某,赴浙监司任,逗留居樽下,搴帘长跪,捧卮称贱子上寿,坐者皆离席伏。夫人欣然为罄三爵,尚书意甚得也。余与吴园次、邓孝威作长歌纪其事。嗣后还京师,以病死,敛时现老僧相。吊者车数百乘,备极哀荣。改姓徐氏，世又称徐夫人。尚书有《白门柳传奇》行于世。

顾眉生既属龚芝麓，百计求嗣，而卒无子。甚至雕异香木为男，四肢俱动，锦绷绣褓，雇乳母开怀哺之，保母褰襟作便溺状，内外通称"小相公"。龚亦不之禁也。时龚以奉常寓湖上，杭人目为人妖。后龚竟以顾为亚妻。元配童氏，明两封孺人，龚入仕本朝，历官大宗伯，童夫人高尚，居合肥，不肯随宦京师，且曰："我经受两明封，以后本朝恩典，让顾太太可也。"顾遂专宠受封。呜呼，童夫人贤节过须眉男子多矣。

董白，字小宛，一字青莲，天姿巧慧，容貌娟妍。七八岁时，阿母教以书翰，辄了了；少长，顾影自怜，针神曲圣，食谱茶经，莫不精晓。性爱闲静，遇幽林远涧，片石孤云，则恋恋不忍舍去，至男女杂坐，歌吹喧阗，心厌色沮，意弗屑也。慕吴门山水，徙居半塘，小筑河滨，竹篱茆舍。经其户者，则时闻咏诗声，或鼓琴声，皆曰："此中有人。"已而扁舟游西子湖，登黄山，礼白岳，仍归吴门。丧母抱病，赁居以栖。随如皋冒辟疆过惠山，历澄江荆溪，抵京口，陟金山绝顶，观大江竞渡以归。后卒为辟疆侧室，事辟疆九年，年二十七，以劳瘁死。辟疆作《影梅庵忆语》二千四百言哭之。同人哀辞甚多，惟吴梅村宫尹十绝句可传小宛也。其四首云："珍珠无价玉无瑕，小字贪看问蔡家。寻到白堤呼出见，月明残雪映梅花。"又云："念家山破定风波，郎按新词妾按歌。恨杀南朝阮司马，累侬夫婿病愁多。"又云："乱梳云髻下妆楼，尽室苍黄过渡头。钿盒金钗浑抛却，高家兵马在扬州。"又云："江城细雨碧桃村，寒食东风杜宇魂。欲吊薛涛怜梦断，墓门深更阻侯门。"

卞赛,一曰赛赛,后为女道士,自称玉京道人。知书,工小楷,善画兰、鼓琴,喜作风枝袅娜,一落笔画十余纸。年十八,游吴门,居虎丘,湘帘棐几,地无纤尘。见客初不甚酬对,若遇佳宾,则谐谑间作,谈词如云,一座倾倒。寻归秦淮,遇乱复游吴。吴梅村学士作《听女道士卞玉京弹琴歌》赠之,中所云"昨夜城头吹觱篥,教坊也被传呼急。碧玉班中怕点留,乐营门外卢家泣。私更妆束出江边,恰遇丹阳下渚船。剪就黄绡贪入道,携来绿绮诉婵娟"者,正此时也。在吴作道人装,然亦间有所主。侍儿柔柔,承奉砚席如弟子,指挥如意,亦静好女子也。逾两年,渡浙江,归于东中一诸侯,不满意,进柔柔当夕,乞身下发。后归吴,依良医郑保御,筑别馆以居,长斋绣佛,持戒律甚严。刺舌血书《法华经》以报保御,又十余年而卒,葬于惠山祇陀庵锦树林。

玉京有妹曰敏,顾而白,如玉肪,风情绰约,人见之,如立水晶屏也,亦善画兰、鼓琴。对客为鼓一再行,即推琴敛手,面发赪。乞画兰,亦止写篆竹枝,兰草二三朵,不似玉京之纵横枝叶、淋漓墨沈也。然一以多见长,一以少为贵,各极其妙,识者并珍之。携来吴门,一时争艳,户外屦恒满,乃心厌市嚣,归申进士维久。维久宰相孙,性豪举,好宾客,诗文名海内,海内贤豪多与之游,得敏亦自喜,为闺中良友。亡何,维久病且殁,家中替。后嫁一贵官颍川氏,官于闽。闽变起,颍川氏手刃群妾,遂自刭。闻敏亦在积尸中也。或曰三年病死。

范珏,字双玉。廉静寡所嗜好,一切衣饰歌管艳靡纷华之物,皆屏弃之。惟阖户焚香,瀹茗相对,药炉经卷而已。性喜画山水,摹仿大痴顾宝幢,槎枒老树,远山绝涧,笔墨间有天然气韵,妇人中范华原也。

顿文,字小文,琵琶顿老孙女也。性聪慧,略识字义,唐诗皆能上口。授以琵琶,布指护,索然意弗屑,不肯竟学;学鼓琴,雅歌三叠清泠泠,然神与之浃,故又字曰琴心云。琴心生于乱世,顿老赖以存活,不能早脱乐籍。赁屋青溪里,筚门圭窦,风月凄凉,屡为健儿伧父所厄。最后为李姓者所挟持,牵连入狱,虽缘情得保,犹守以牛头阿旁也。客有王生者,挽余居间营救,偕往访之,风鬟雾鬓,憔悴可怜,犹援琴而鼓别凤离鸾之曲,如猿吟鹃啼,不忍闻也。余见内乡许公,属其门生直指使者纵之,后还故居。吴郡王子其长,主张燕筑家,与琴心比邻,两相慕悦。王子故轻侠,倾金钱赈其贫悴,将携归置别室,突遭奇祸。收者至,见琴心,诧曰:"此真祸水也。"怜其非辜,驱之去,独捕王子。王子被戮,琴心逸,后终归匪人。嗟乎,佳人命薄若琴心者,其尤哉!

沙才美而艳,丰而逸,骨体皆媚,天生尤物也。善弈棋,吹箫度曲,长指爪,修容貌,留仙裙,石华广袖,衣被粲然。后携其妹曰嬇者,游吴郡,卜居半塘,一时名噪,人皆以二赵、二乔目之。惜也才以疮发,剜其半面;嬇归吒利,郁郁死。

马娇,字婉容。姿首清丽,濯濯如春月柳,滟滟如出水芙蓉,真不愧娇之一字也。知音识曲,妙合宫商,老技师推为独步。然终以误堕烟花为恨,思择人而事,不敢以身许人。卒归贵阳杨龙友。龙友名文骢,以诗画擅名,华亭董文敏亟赏之。先是闽中郭圣仆有二姜,一曰李陀那,一曰朱玉耶。圣仆殁,龙友得玉耶,并得其所蓄书画瓶砚几杖诸玩好古器,复拥婉容,终日摩挲笑语为乐。甲申之变,贵阳马士英册立弘光,自为首辅,援引阉儿阮大铖,构党煽权,挠乱天下,以致五月出奔。都城百姓焚烧马、阮居第,以龙友乡戚有连,亦被烈炬,顷刻灰烬。时龙友巡抚苏松,尽室以行,玉耶亦殉,婉容莫知所终。龙友父子,殉难闽峤,无遗种也。犹存老女,丐归金陵,依家仆以终天年。婉容有妹曰嫩,亦著名。又有小马嫩者,轻盈飘逸,自命风流。真州盐贾用千金购得,奉溧阳陈公子。公子昵之,未久,并奁具赠豫章陈伯玑,生一子一女,如王子敬之有桃根也。

顾喜,一名小喜。性情豪爽,体态丰华,跌不纤妍,人称为"顾大脚",又谓之"肉屏风"。然其迈往不屑之韵,凌霄拔俗之姿,则非篱壁间物也。当之者,似李陵提步卒三千人抵鞮汗山,入狭谷,往往败北生降矣。汉武帝《悼李夫人赋》有云"佳侠含光",余题四字颜其室。乱后不知从何人以去,或曰归一公侯子弟云。

米小大,颇著美名。余未之见,然闻其纤妍俏洁,涉猎文艺,粉掐墨痕,纵横缥帙,是李易安之流也。归昭阳李太仆,太仆遇祸家灭。

王小大,生而韶秀,为人圆滑便捷,善周旋。广筵长席,人劝一觞,皆膝席欢受,又工于酒纠觥录事,无毫发谬误,能为酒客解纷释怨,时人谓之"和气汤"。扬州顾尔迈,字不盈,镇远侯介弟也,挟戚里之富,往来平康,悦小大,贮之河亭,时时召客大饮,效陈孟公、高季式,授女将军酒正印,左右指麾,客皆极饮滥醉。有醉而逸者,锁门脱履卧地上,至日中乃醒。

时吴桥范文贞公官南大司马,不盈为揖客,出入辕戟,有古任侠风。书画与郑超宗齐名。

张元,清瘦轻佻,临风飘举。齿稍长,在少年场中纤腰蹀步,亦自楚楚。人呼之为"张小脚"。

刘元,齿亦不少,而佻达轻盈,目睛闪闪,注射四筵。曾有一过江名士与之同寝,元转面向里帷,不与之接。拍其肩曰:"汝不知我为名士耶?"元转面曰:"名士是何物,值几文钱耶?"相传以为笑。

崔科,后起之秀,目未见前辈典型,然有一种天然韶令之致。科亦顾影自怜,矜其容色,高其声价,不屑一切,卒为一词林所窘辱。

董年,秦淮绝色。与小宛姊妹行,艳冶之名,亦相颉颃。锺山张紫淀作《悼小宛》诗,中一首云:"美人在南国,余见两双成。春与年同艳,花推月主盟。蛾眉无后辈,蝶梦是前生。寂寂皆黄土,香风付管城。"

李香,身躯短小,肤理玉色,慧俊婉转,调笑无双,人名之为"香扇坠"。余有诗赠之云:"生小倾城是李香,怀中婀娜袖中藏。何缘十二巫峰女,梦里偏来见楚王。"武塘魏子中为书于粉壁,贵阳杨龙友写崇兰诡石于左偏,时人称为三绝。由是香之名盛于南曲,四方才士,争一识面以为荣。

珠市名妓附见

珠市,在内桥旁,曲巷逶迤,屋宇湫隘,然其中时有丽人,惜限于地,不敢与旧院颉颃。以余所见王月诸姬,并著迷香神鸡之胜,又何羡红红举举之名乎。恐遂湮没无闻,使媚骨芳魂,与草木同腐,故附书于卷尾,以备金陵轶史云。

王月,字微波。母胞生三女,长即月,次节,次满,并有殊色。月尤慧妍,善自修饰,颀身玉立,皓齿明眸,异常妖冶,名动公卿。桐城孙武公昵之,拥致栖霞山下雪洞中,经月不出。己卯岁牛女渡河之夕,大集诸姬于方密之侨居水阁。四方贤豪,车骑盈闾巷,梨园子弟,三班骈演,水阁外环列舟航如堵墙,品藻花案,设立层台,以坐状元。二十余人中,考微波第一,登台奏乐,进金屈卮。南曲诸姬皆色沮,渐逸去。天明始罢酒,次日各赋诗纪其事。余诗所云"月中仙子花中王,第一嫦娥第一香"者是也。微波绣之于帨巾不去手。武公益眷念,欲置为侧室。会有贵阳蔡香君,名如蘅,强有力,以三千金啖其父,夺以归。武公悒悒,遂娶葛嫩也。香君后为安庐兵备道,携月赴任,宠专房。崇祯十五年五月,大盗张献忠破庐州府,知府郑履祥死节。香君被擒,搜其家,得月,留营中,宠压一寨。偶以事忤献忠,断其头,函置于盘,以享群贼。嗟乎,等死也,月不及嫩矣,悲夫。

王节,有姿色。先归顾不盈,后归王恒之。甘淡泊,怡然自得,虽为姬侍,有荆钗裙布风。妹满,幼小好戏弄,窈窕轻盈,作娇娃之态,保国公买置后房。与寇白门不合,复还秦淮。

寇湄,字白门。钱虞山诗云:"寇家姊妹总芳菲,十八年来花信违。今日秦淮恐相值,防他红泪一沾衣。"则寇家多佳丽,白门其一也。白门娟娟静美,跌宕风流,能度曲,善画兰,粗知拈韵,能吟诗,然滑易不能竟学。十八九时,为保国公购之，贮以金屋，如李掌武之谢秋娘也。甲申三月，京师陷，保国公生降，家口悉没入官。白门以千金予保国赎身，匹马短衣，从一婢而归。归为女侠，筑园亭，结宾客，日与文人骚客相往还。酒酣耳热，或歌或哭，亦自叹美人之迟暮，嗟红豆之飘零也。既从扬州某孝廉，不得志，复还金陵。老矣，犹日与诸少年伍。卧病时，召所欢韩生来，绸缪悲泣，欲留之同寝。韩生以他故辞，犹执手不忍别。至夜，闻韩生在婢房笑语，奋身起唤婢，自箠数十，咄咄骂韩生负心禽兽行，欲啮其肉。病甚剧，医药罔效，遂以死。虞山《金陵杂题》有云："丛残红粉念君恩，女侠谁知寇白门。黄土盖棺心未死，香丸一缕是芳魂。"

卷下　轶事

金陵都会之地，南曲靡丽之乡，纵茵浪子，潇洒词人，往来游戏，马如游龙，车相接也。其间风月楼台，尊罍丝管，以及娈童狎客，杂伎名优，献媚争妍，络绎奔赴。垂杨影外，片玉壶中，秋笛频吹，春莺乍啭，虽宋广平铁石心肠，不能不为梅花作赋也。一声《河满》，人何以堪，归见梨涡，谁能遣此。然而流连忘返，醉饱无时，卿卿虽爱卿卿，一误岂容再误？遂尔丧失平生之守，见斥礼法之士，岂非黑风之飘堕，碧海之迷津乎。余之缀葺斯编，虽曰传芳，实为垂戒。王右军云："后之览者，亦将有感于斯文"也。

瓜州萧伯梁，豪华任侠，倾财结客，好游狭邪。久住曲中，投辖轰饮，俾昼作夜，多拥名姬，簪花击鼓为乐。钱虞山诗所云："天公要断烟花种，醉杀扬州萧伯梁"者是也。

　　嘉兴姚壮若,用十二楼船于秦淮,招集四方应试知名之士百余人,每船邀名妓四人侑酒,梨园一部,灯火笙歌,为一时之盛事。先是嘉兴沈雨若,费千金定花案,江南艳称之。

　　曲中狎客,则有张卯官笛,张魁官箫,管五官管子,吴章甫弦索,盛仲文打十番鼓,丁继之、张燕筑、沈元甫、王公远、朱维章串戏,柳敬亭说书,或集于二李家,或集于眉楼,每集必费百金,此亦销金之窟也。

　　张卯尤滑稽婉腻,善伺美人喜怒。一日偶忤李大娘,大娘手碎其头上鬃帽,掷之于地。卯徐徐拾取,笑而戴之以去。

　　张魁字修我,吴郡人,少美姿首,与徐公子有断袖之好。公子官南都府佐,魁来访之,阍者拒,口出亵语,且诟厉。公子闻而扑之,然卒留之署中,欢好无似。移家桃叶渡口,与旧院为邻,诸名妓家往来相熟,笼中鹦鹉见之,叫曰:"张魁官来,阿弥陀佛。"魁善吹箫度曲,打马投壶,往往胜其曹耦。每晨朝,即到楼馆,插瓶花,爇炉香,洗芥片,拂拭琴几,位置衣桁,不令主人知也。以此仆婢皆感之,猫狗亦不厌焉。后魁面生白点风,眉楼客戏榜于门曰:"革出花面笺片一名张魁,不许复入。"魁惭恨,遍求奇方洒削,得芙蓉露,治之良已,整衣帽复至眉楼,曰:"花面定何如?"乱后还吴。吴中新进少年,搔头弄姿,持箫才厌管,以柔曼悦人者,见魁辄揶揄之,肆为诋诃,以此重穷困。龚宗伯奉使粤东,怜而赈之,厚予之金,使往山中贩芥茶,得息颇厚,家稍稍丰矣。然魁性僻,常自言曰:"我大贱相,茶非惠泉水,不可沾唇;饭非四糙冬春米,不可入口;夜非孙春阳家通宵椽烛,不可开眼。"钱财到手辄尽,坐此不名一钱,时人共非笑之,弗顾也。年过六十,以贩茶、卖芙蓉露为业。庚寅、辛卯之际,余游吴,寓周氏水阁,魁犹清晨来,插瓶花,蓺炉香,洗芥片,拂拭琴几,位置衣桁,如曩时。酒酣烛跋,时说青溪旧事,不觉流涕。丁酉再过金陵,歌台舞榭,化为瓦砾之场,犹于破板桥边一吹洞箫。矮屋中一老妪启户出,曰:"此张魁官箫声也!"为呜咽久之。又数年,卒以穷死。

岁丙子,金沙张公亮、吕霖生,盐官陈则梁,漳浦刘渔仲,雉皋冒辟疆,盟于眉楼。则梁作盟文甚奇,末云:"牲盟不如臂盟,臂盟不如心盟"。

中山公子徐青君,魏国介弟也。家赀巨万,性豪侈,自奉甚丰,广蓄姬妾。造园大功坊侧,树石亭台,拟于平泉、金谷。每当夏月,置宴河房,日选名妓四五人,邀宾侑酒。木瓜佛手,堆积如山,茉莉芝兰,芳香似雪,夜以继日,把酒酣歌,纶巾鹤氅,真神仙中人也。弘光朝加中府都督,前驱班列,呵导入朝,愈荣显矣。乙酉鼎革,籍没田产,遂无立锥,群姬雨散,一身孑然,与佣丐为伍,乃至为人代杖。其居第易为兵道衙门,一日与当刑人约定杖数,计偿若干,受杖时其数过倍,青君大呼曰:"我徐青君也!"兵宪林公骇问左右,有哀王孙者,跪而对曰:"此魏国公之公子徐青君也,穷苦为人代杖,此堂乃其家厅,不觉伤心呼号耳。"林公怜而释之,慰藉甚至,且曰:"君倘有非钦产可清还者,本道当为查给,以终余生。"青君顿首谢曰:"花园是某自造,非钦产也。"林公唯唯,厚赠遣之,查还其园,卖花石、货柱础以自活。吾观《南史》所记,东昏宫妃卖蜡烛为业,杜少陵诗云:"问之不肯道姓名,但道困苦乞为奴。"

呜呼,岂虚也哉。

同人社集松风阁,雪衣、眉生皆在,饮罢联骑入城,红妆翠袖,跃马扬鞭,观者塞途。太平景象,恍然心目。

丁继之扮张驴儿娘,张燕筑扮宾头卢,朱维章扮武大郎,皆妙绝一世。丁、张二老并寿九十余。钱虞山《题三老图》诗,末句云:"秦淮烟月经游处,华表归来白鹤知。"不胜黄公酒垆之叹。

无锡邹公履游平康,头戴红纱巾,身着纸衣,齿高跟屐,佯狂沉湎,挥斥千黄金不顾。初场毕,击大司马门鼓,送试卷。大合乐于妓家,高声自诵其文,妓皆称快。或时阑入梨园,氍毹上,为参军鹘也。

柳敬亭,泰州人,本姓曹,避仇流落江湖,休于树下,乃姓柳。善说书,游于金陵,吴桥范司马,桐城何相国,引为上客。常往来南曲,与张燕筑、沈公宪俱。张、沈以歌曲,敬亭以谭词,酒醋以往,击节悲吟,倾靡四座,盖优孟、东方曼倩之流也。后入左宁南幕府,出入兵间。宁南亡败,又游松江马提督军中,郁郁不得志。年已八十余矣,间过余侨寓宜睡轩,犹说"秦叔宝见姑娘"也。

莱阳姜如须,游于李十娘家,渔于色,匿不出户。方密之、孙克咸并能屏风上行,漏下三刻,星河皎然,连袂间行,经过赵李,垂帘闭户,夜人定矣。两君一跃登屋,直至卧房,排闼哄张,势如盗贼。如须下床,跪称大王乞命,毋伤十娘。两君掷刀大笑曰:"三郎郎当,三郎郎当。"复呼酒极饮,尽醉而散。盖如须行三,"郎当"者,畏辞也。如须高才旷代,偶效樊川,略同谢傅,秋风团扇,寄兴扫眉,非沉溺烟花之比。聊记一则,以存流风余韵云尔。

陈则梁，人奇文奇，举体皆奇。尝致书眉楼，劝其早脱风尘，速寻道伴，言词切至。眉楼遂择主而事，诚以惊弓之鸟，遽为透网之鳞也。扫眉才子，慧业文人，时节因缘，不得不为延津之合矣。

十七八女郎，歌"杨柳岸，晓风残月"，若在曲中，则处处有之，时时有之。予作《忆江南》词，有云："江南好景本无多，只在晓风残月下。"思之只益伤神，见之不堪回首矣。

沈公宪以串戏擅长，同时推为第一。王式之中翰，王恒之水部，异曲同工，游戏三昧。江总持、柳耆卿，依稀再见，非如吕敬迁、李仙鹤也。

乐户有妻有妾，防闲最严，谨守贞洁，不与人客交语。人客强见之，一揖之外，翻身入帘也。乱后有旧院大街顾三之妻李三娘者，流落江湖，遂为名妓，忽为匪类所持，暴系吴郡狱中。余与刘海门、梦锡兄弟，及姚翼侯、张鞠存极力拯之，致书司李李蝼庵，仅而得免，然亦如严幼芳、刘婆惜，备受笞楚决杖矣。二娘长身玉色，倭堕如云，量洪善饮，饮至百觥不醉。时辛丑中秋之际，庭桂盛开，置酒高会，黄兰丛、方邵村及玉峰女士冯静容偕来。居停主人金叔侃，尽倾家酿，分曹角胜，轰饮如雷，如项羽、章邯钜鹿之战，诸侯皆作壁上观。饮至天明，诸君皆大叶，静容亦叶，髻鬟委地，或横卧地上，衣履狼藉。惟三娘醒，然犹不眠倚桂树也。兰丛贾其余勇，尚与翼侯豁拳，各尽三四大斗而别。嗟乎，俯仰岁月之间，诸君皆埋骨青山，美人亦栖身黄土，河山邈矣，能不悲哉！

李贞丽者,李香之假母。有豪侠气,尝一夜博输千金立尽。与阳羡陈定生善。香年十三,亦侠而慧,从吴人周如松受歌,《玉茗堂四梦》,皆能妙其音节,尤工琵琶,与雪苑侯朝宗善。阉儿阮大铖欲纳交于朝宗,香力谏止,不与通。朝宗去后,有故开府田仰以重金邀致香,香辞曰:"妾不敢负侯公子也。"卒不往。盖前此大铖恨朝宗,罗致欲杀之,朝宗逃而免,并欲杀定生也。定生大为锦衣冯可宗所辱。

云间才子夏灵胥作《青楼篇》,寄武塘钱漱广,末段云:"二十年来事已非,不开画阁锁芳菲。那堪两院无人到,独对三春有燕飞。风弦不动新歌扇,露井横飘旧舞衣。花草朱门空后阁,琵琶青冢恨明妃。独有青楼旧相识,蛾眉零落头新白。梦断何年行雨踪,情深一调留云迹。院本伤心正德词,乐府销魂教坊籍。为唱当时《乌夜啼》,青衫泪满江南客。"观此,可以尽曲中之变矣。悲夫!

附录

宋蕙湘,秦淮女也。兵燹流落,被掳入军,至河南卫辉府城,题绝句四首于壁间,云:"风动江空羯鼓催,降旗飘飐凤城开。将军战死君王系,薄命红颜马上来。""广陌黄尘暗鬓鸦,北风吹面落铅华。可怜夜月箜篌引,几度穹庐伴暮笳。""春花如绣柳如烟,良夜知心画阁眠。今日相思浑似梦,算来可恨是苍天。""盈盈十五破瓜初,已做明妃别故庐。谁散千金同孟德,镶黄旗下赎文姝。"后跋云:"被难而来,野居露宿,即欲效章嘉故事,稍留翰墨以告君子,不可得也。偶居邸舍,索笔漫题,以冀万一之遇。命薄如此,想亦不可得矣。秦淮难女宋蕙湘和血题于古汲县前潞王城之东。"潞王城,潞藩府第也。

燕顺,淮安妓女也,年十六,知义理,每厌薄青楼,以为不可一日居。甲申三月,凤阳督师马士英标下兵鼓噪而散,突至淮城西门外,马步五六百人,掳掠甚惨。妓女悉被擒,顺独坚执不从,兵以布缚之马上,顺举身自奋,哭詈不止。兵竟刃之。

又山东郯城县之李家庄,旗亭壁间,题三绝句云:"不画双蛾向碧纱,惟从马上拨琵琶。驿亭空有归家梦,惊破啼声是夜笳。""日日牛车道路赊,遍身尘土向天涯。不因薄命生多恨,青冢啼鹃怨汉家。""惊传县吏点名频,一一分明汉语真。世上无如男子好,看他髡发也骄人。"末书云:"吴中羁妇赵雪华题"。凡此数者,皆群芳之萎道旁者也。

附题谢时臣盒子会图

沈石田作《盒子会辞并序》,云:"南京旧院,有色艺俱优者,或二十三十姓,结为手帕姊妹。每上节,以春檠巧具肴核相赛,名盒子会。凡得奇品为胜,输者罚酒酹胜者。中有所私,亦来挟金助会,厌厌夜饮,弥月而止。席间设灯张乐,各出其技能,赋此以识京城乐事也。"辞云:"平乐灯宵闹如沸,灯火烘春笑声内。盒奁来往斗芳邻,手帕绸缪通姊妹。东家西家百络盛,装肴饤核春满檠。豹胎间挟鳇冰脆,乌榄分搀椰玉生。不论多同较奇有,品里输无倒陪酒。呈丝逗竹会心欢,袖钞裸金走情友。哄堂一月自春风,酒香人语百花中。一般桃李三千户,亦有愁人隔墙住。"

跋

张 潮

今世亦有狭邪,其所以不足动人深长思者,良以雅俗之分耳。其或稍涉风骚,略通琴弈,犹将痛惜而矜怜之,矧其为才技兼优、人文双擅者乎。然此非天之生材独殊,其所以致之,必有由也。果能重返旧观乎?余日夜企之矣。心斋居士题。

后　跋

余　怀

　　狭邪之游，君子所戒。然谢安石东山携妓，白香山眷恋温柔，一则称江左风流，一则称广大教化。因偶适其性情，亦何害为君子哉。唐有处士李戡者，痛恶元、白诗，谓其纤艳不逞，淫言媟语，入人肌骨，不可除去。秀铁面亦诃黄鲁直作为绮诗，当堕泥犁地狱。余之编斯记也，将毋为李处士所诟、秀铁面所诃乎？然管仲相桓公，置女闾七百，征其夜合之赀以富国。则始作者，其为管仲乎？孟子之卑管、晏，有以哉，有以哉。吴兴太守吴园次《吊董少君诗序》有云："当时才子，竞着黄衫；命世清流，为牵红线。玉台重下，温郎信是可人；金屋偕归，沔国遂成佳妇。"时钱虞山作于节度，刘渔仲为古押衙，故云云尔。辟疆老矣，一觉扬州，岂其梦耶？余甲申以前诗文，尽皆焚弃。中有赠答名妓篇语甚多，亦如前尘昔梦，不复记忆。但抽毫点注我心写兮，亦泗水潜夫记《武林旧事》之意也。知我罪我，余乌足以知之。

《板桥杂记》附录

陈文述（退庵）《秣陵集》二则

秦淮感郑妥娘事

郑如英，字无美，小名妥。如皋冒伯麟，集无美及马湘兰、赵今燕、朱泰玉之作，为《秦淮四美人诗》。钱牧斋采其诗入闰集。所云"闲开闰集教孙女，身是前朝郑妥娘"是也。孔东塘《桃花扇》乐府，过事丑诋，因为正之。

传世诗篇总擅名，当年谁似郑如英。流传闰集今犹在，何处青溪绕石城。（牧斋诗选，以青楼诗入闰集）

罗袜春寒绝妙辞，桃花红湿雨丝丝。词人月旦真无定，雪岭才登又墨池。（如英《闺怨》诗："曲曲回廊十二栏，风飘罗袜怯春寒。桃花带雨如含泪，只恐多情不忍看。"）

回首莺花旧院春，板桥流水碧鳞鳞。只应水绘园中客，解说秦淮四美人。

孔雀荒庵易夕曛，消愁何处酒微醺。双趺何与词人事，也唱当年《白练裙》。（"酒是消愁物，能消几个时？"马湘兰句也。《白练裙》乐府，郑应尼为湘兰作）

青溪访顾眉生眉楼遗址

顾媚，字眉生，又名眉。庄妍静雅，风度超群，通文史，善画兰，追步马守真，而姿容胜之。所居曰眉楼，在青溪、桃叶间。归合肥龚芝麓尚书。乞画者动盈箧笥，款署横波夫人是也。尚书入国朝，元配童夫人，以曾受封明代，不肯膺两朝封典，眉乃改姓徐氏，受夫人封。尚书有《白门柳》传奇行于世。事详《板桥杂记》及《定山堂诗集》。

舣棹青溪水阁头，居人犹说旧眉楼。春山何处窥明镜，新月依然上玉钩。

身世沧桑悲永逝，闺房福慧悔双修。含光同被虚声误，皖水虞山一样愁。（谓河东君）

钮玉樵（琇）《觚賸》一则

合肥宗伯所宠顾夫人名媚，性爱狸奴。有字乌员者，日于花栏绣榻间，徘徊抚玩。珍重之意，逾于掌珠。饲以精粲嘉鱼，过餍而毙。夫人惋悒累日，至为缀膳。宗伯特以沉香斫棺瘗之，并延十二女僧，建道场三昼夜。

叶衍兰（南雪）《秦淮八艳图咏》一则

李香，字香君，秦淮名妓也。身躯短小，肤理玉色，丰神俊婉，调笑无双，人名之为香扇坠。性知书，侠骨慧眼，能鉴别人物。艳名噪南曲中，四方才士，争以一识面为荣。侯生朝宗，赴试白门，一见两相慕悦，邀生为诗，而自歌以偿。初阮大铖以阉党论城旦，屏居金陵，为清议所斥，欲攻之。陈定生、吴次尾实首其事。两人与生至交，大铖欲藉生为解，倩人日载酒食与生游，为香备妆奁及缠头赀甚钜。香询知为大铖意，悉却之。大铖怒,欲杀生。生亡去,香送之桃叶渡,歌《琵琶记》以示意。生去后,大铖绳香于故开府田仰,以三百锾邀一见。香拒之力。田使人劫取未果。福王即位南都,遍索歌妓,香被选入宫。南都亡,只身逃出,后依卞玉京以终。当生与香定情之夕,以宫扇一持为赠。生去,香把玩不离手。田使往劫时,香坠楼不死,血痕溅扇上。杨龙友就血点添写枝叶,为折枝桃花。香觅人以扇寄生。生感之,为作《李姬传》。孔云亭谱《桃花扇传奇》记其事。

拜鸳校刻《板桥杂记》工既竣,余偶阅陈氏《秣陵集》、钮氏《觚賸》、叶氏《秦淮八艳图咏》,其间遗闻逸事,多有《杂记》所不载者。爰为附录于右,他时续有所得,当一并录入。虽属鲰生之好事,足资风月之雅谈。倘荷海内同志,广为征引,匡我不逮,则幸甚。宗畴附志。

《板桥杂记》闲评

嘐嘐子

人可以不死乎？曰："可。"埃及有木乃依术，可使形骸千祀如生。又或以蜡、以铜、以石像人，能乱真。此乃面目也，肢体也，服装也，非人也。有画工焉，执一人而临之，能令人见之如见其人，其斯可以不死乎？曰："此不过画中人耳，非其人之真也。"人之至尊无上之一物，为地水火风诸煞万劫之所不能销毁者，惟何？恍兮忽兮，望之不见其首，临之不见其后，无以名之，名之曰精神。精神犹车也，文章犹轮也，载精神以游行于逍遥无垠之表，上九天下九泉而无窒碍者，其惟文章乎。苏东坡曰："意行无车马，倏忽略九州。"差足道精神与文章之妙。

近世文化日进，遂有研求不死术者，窃谓可不必也。人之欲望，无尽者也，使不死，长阅人世之事故，拂意之事既多，自杀之风必盛；而机械百出，杀人之术亦必日工。攘攘斯世，无休息之一日，恐哲人处此，当有叹求死不得者。蒲留仙曰："情之所钟，本愿长死，不乐生也。"嘐嘐子曰：吾道自有不死药，何事旁求？古今不死药惟八斗，仓颉得其三，子长得其二，曼翁得其二，仅余一斗，散布人间。慧业文人，得其一勺半握，仅以自乐，不肯施人。其悲天悯人，起死人而骨肉之，令重泉之下，承阳气复活，张颐鼓掌，与千载下人揖让进退，起坐笑谈者，惟子长与我曼翁耳。

汤卿谋曰："吾人当具三副眼泪，一副哭天下事不可为，一副哭天下沦落不偶佳人……"其一则余忘之矣。嘤嘤子曰：文章之妙，笔墨之外，不可无泪。韩、柳、欧、苏之文，余读之辄昏昏欲睡。若屈原《天问》《山鬼》，李贺之秋坟鬼唱，文山之《正气歌》，谢翱之《冬青引》，皆以泪胜。嘤嘤子又曰：余平生最爱读有泪文字，自今发大愿，欲集古今有泪文字，评骘而刊布之，普天下有眼泪人，拭目俟之可也。

文章之难，作史为难。而史之中，书、志非难，列传为难。曼翁则并臻其妙。

史之作，有以例起者，有以变起者。以例起者，事必师古准绳是循。以变起者，则世为之《板桥杂记》之为《板桥杂记》，庄生所谓"有大力者负之以趋"，曼翁不得而主之也。

《本事诗》始于唐孟棨，乃诗格之具史裁者。《板桥杂记》分读之，一《本事诗》也。

传美人难于传英雄。英雄事业，如印板文字，易于点窜。美人之一笑一颦，一盼一睐，能倾堕城国，役使百灵。作者当搦管吮毫时，其精神已为美人之灵爽所摄，纵横卷舒，不能任意。子长能传楚霸王，而不能传虞姬，非子长至此才尽，实子长至此胆怯也。江南词人吴文璧女史咏虞姬云："大王固英雄，姬亦奇女子。惜哉太史公，不记美人死。"文璧惜太史公不记虞姬之死，吾谓太史公至此目眙心悸，不特不能记虞姬之死，并不能传虞姬之生也。

《板桥杂记》，曼翁之《春秋》也。据《春秋》胡《传》凡例，《春秋》之法，治奸恶者不以存殁，必施其身；奖忠义者及其子孙，远而不泯。曼翁于龚孝升则黜之，于童夫人则进之；纪玉耶、婉容，并及杨龙友督师；纪葛嫩，不遗孙克咸参军。曼翁错综变化，犹此物此志也。

据胡《传》，《春秋》之文，有事同则辞同者，因谓之例；有事同而辞异者，则谓之变例。葛嫩与王月同一死，而予夺不同，读者当善审之。

《春秋》非世卿，曼翁进珠市妓以颉颃南曲，此物此志也。

程颐曰："《春秋》一句即一事，是非便见于此，乃穷理之要。学者只观《春秋》，亦可以尽道矣。"吾于《板桥杂记》亦云。

寒支僧曰："国殇如邱，子女出塞如陵。"《板桥杂记》之终于赵雪华，其有忧患乎？

孔子恶闻人，曼翁恶名士。

甲曰："《板桥杂记》，情史也。"乙曰："《板桥杂记》，恸史也。"丙曰："《板桥杂记》，刑书也。"丁曰："《板桥杂记》，沧桑录也。"戊曰："《板桥杂记》，群芳谱也。"己曰："《板桥杂记》，忠义传也。"嘐嘐子曰：皆是也。皆非也。何则？《板桥杂记》非纸、非笔、非墨，非文字，非言语，玄之又玄。仁者见之谓之仁，智者见之谓之智，嘐嘐子无以名之，名之曰众妙之门。

《板桥杂记》，当于众香国中读之。

《板桥杂记》，当于孟夏傍晚，在海滨坐岸上小舟，借渔火读之。

《板桥杂记》，当往箱根浴罢温泉，卧听泉声潺湲，于电灯下倚枕读之。

《板桥杂记》，当于雪夜，令一僮刺艇至西湖三潭印月读之。

《板桥杂记》，当于暮春修禊时，置酒西湖放鹤亭中，与数知心人聚读之。

《板桥杂记》，当往焦山，登高塔，对大江读之。

《板桥杂记》，当使十七八女郎，用白绢手临一过，召名工装潢成帙，于风清月白时展读之。

《板桥杂记》，当得如《板桥杂记》中美人，如李香君、寇白门者共读之。

《板桥杂记》，当于春秋佳日，良朋雅集，爇名香，对名花倾国，坐广厦细旃层台复阁之内，酒半酣时读之。

《板桥杂记》，当于茅屋三间，腊梅二三枝高出檐际，曝日时读之。

《板桥杂记》，当于严冬深夜，户阒人静时，开南窗，承月光读之。

《板桥杂记》，当于春江花月夜，棹一小舟，载琴书茶酒纸笔墨，放棹秦淮，令曲中佳人，歌曼翁"江南好景本无多，只在晓风残月下"之句后，随意读之。

读《板桥杂记》时，与钱蒙叟、吴梅村、王渔洋、龚孝升、杜茶村、朱竹垞、厉樊榭诸家诗集，及《西堂杂俎》《湘中草》参阅，便觉意味深长。

读《板桥杂记》，如入华胥国，如散步桃花源，有庄周蝶梦之致。

《板桥杂记》中佳人，如葛嫩、寇白门、李香君，及遭难丽人宋蕙湘、赵雪华等，并宜得如唐伯虎其人者，为之各画一像，并撰一赞题其上，或即以钱蒙叟、吴梅村、王渔洋、朱竹垞及其他已、未知名大家吟咏代之，亦佳。

《板桥杂记》，当与陈其年《妇人集》《篋衍集》同时读之。陶隐居云："只可自怡悦，不堪持赠君。"凡有一寓目之缘者，当有感斯言。

《板桥杂记》，当令下三种人读之：一天下有心人，当读《板桥杂记》；一天下伤心人，当读《板桥杂记》；一天下多情人，当读《板桥杂记》。

《板桥杂记》，不可令下三种人读之：一有富贵气者，一轻薄文人，一登徒子。

嘤嘤子曰：吾生平于美人缘疏，故识浅，间读《闲情》、《洛神》诸赋，不解所作何语。《板桥杂记》中佳人多矣，概不敢妄下月旦。海内大雅，当我嗤，亦我怜也。

《板桥杂记》有三大可惜：一可惜无谢翱西台恸哭之泪，击铁如意读之；二可惜不遇汪水云与故宫人十八人，酾酒城隅，鼓琴叙别时读之；三可惜不经金圣叹批点一过。

《板桥杂记》中风景，当得董思翁、王石谷辈临之，悬于秘阁，终日对赏，可以忘倦。

《板桥杂记》中人物，如无可法师、杨龙友督师、孙克咸参军、姜如须行人等，当各画一像，与诸佳人并受香火供奉。

《板桥杂记》，美人写真帖也。仲尼有言，如好好色。今之以好色自命者，已自不知，更何云好。毋亦肉体之感觉耳。王阳明有言，抱着黄嘴婆儿，自称好色。今之好色者，其不为王阳明所讥者，盖有之矣，我未之见也。

嘹嘹子曰：吾之评点《板桥杂记》以问世也，其末流必有藉以助恶者。世俗滔滔，贵耳贱目，必有目为诲淫者。是则埋曼翁之血，千年犹碧。吾愿乞曼翁之灵诉月老，罚令此等人生生世世，配嫫母、无盐，或令堕落孽海历劫，不得超生乐园。

续板桥杂记

南京文献精编

（清）珠泉居士 撰

点校 薛 冰

南京出版传媒集团
南京出版社

《续板桥杂记》目录

《续板桥杂记》序

　　予初交孙二南庄，即耳珠泉名，今年夏，始得握手，温文博雅，亹亹风生。与之上下，其议论，才既过人，而识尤足千古，益信名下无虚士，宜南庄常津津不置也。既出其《续板桥杂记》见示，时读者佥以香艳赏之。夫谈天绣云，雕绘满目，而尘羹土饭，奚当饥饱。予尝谓世非乏才，由识眇也。梯崖缒渊，往往方轨古人，窃得胩胲一脔，便自诩为瓣香，究其所著述，非尘障理域，即清谭元麈，其于人心世道何裨焉？珠泉日提不律，烟霞珠玉，供其指挥，遂使雅人韵事，曲曲尽致，而劝惩之意，隐寓诸笔墨之外，非才与识兼，恶能办此。予曩读《艳异编》，而叹其情见乎辞，今观此记，要亦感干前人之叶花弄舌而有味乎。其言之，盖所以警人者至矣，不诚邯郸之粱肉哉？质之南庄，当不河汉予言尔。乾隆庚戌仲春二日，洪都黎松门拜题。

叙

青衫著作，只宜命薄佳人，红粉品题，偏重文魔秀士。若果薛笺声价，足标艳美之编，何妨江笔平章，别撰群芳之谱。此吾友珠泉所由续《板桥杂记》也。原夫秣陵古郡，建业名都，秦凿新渠，血吹脂沫，吴营旧垒，燕啄香泥。软水温山，绮丽久沿往代，遗簪剩舄，风流犹袭前朝。美既擅于彼姝，情自钟于我辈。珠泉荃兰竟体，松柏为心，弹铗丁年，远入郄生之帐，抚弦雨夜，独登荀令之床，剑气初沉，琴心未寂。时则莫愁湖畔，少妇停梭，桃叶渡头，侍儿飞扇，挈紫髯之狎客，北里寻春，背赤脚之奚奴，东墙待月。纤腰苏小，争窥柳絮之帘，素面徐娘，闲伫梨花之院。君真好色，谁不为容？无何鞭镫斜阳，囊书蓬转，帆樯暮雨，奁镜萍飘。就中泣下谁多，今夜醉眠何处？桃花潭水，凄凉太白之诗，烟雨河桥，寂寞小红之曲。何必落梅窗外，梦始断于西楼，即此芳草堤边，魂已销于南浦。况乎蛾眉易老，骏骨焉求，归厮养者次之，属沙吒者已矣。若使海棠早谢，艳友名湮，不将沅芷先凋，骚人色减。遂乃重搜黛绿，如金十二之钗，再校铅黄，应秃三千之管。虽付之游戏，有似稗谐，而出以雅驯，居然花史。永秘魏王之枕，常熏韩掾之香。

嗟乎,侠妓自豪,原知慕义,儒姬尔雅,定解怜才。纵令伴共诸郎,仍可采同列女。试向伶工水榭,演就传奇,还从画士山房,描成绝代。行见星轺驿舍,争传金屋之姿,云幕旗亭,咸重玉台之选。越州青阁居士拜题于竹西僧舍。

序

　　渡名桃叶，洵足勾留，里接长干，由来佳丽。风流东晋，骚人挥麈之场，旷达南朝，狎客分笺之地。歌楼舞榭，倡家俱白玉为楹，月夕花晨，荡子以明珠作楫。飏画帘于水畔，婉度轻歌，启绣户于花前，漫呼小字。芙蓉屏里，无非绿酒银灯，玳瑁筵中，尽是紫箫红笛。所以入青溪之曲，过客魂销，问长板之桥，羁人心醉者也。独是偎红倚翠，不乏绮人，刻烛分题，罕逢佳士。听鸡声之断爱，沟水东西，伤马足之无情，浮云南北。嗟尔纨绔，徒挥买笑千金，咄彼绮罗，未得解人一目。纵或寄情杂咏，注意闲吟，要皆风云月露之敷词，无复俊逸清新之雅韵。我友珠泉先生，鹏未抟云，豹还隐雾，王仲宣才华第一，依人在红莲绿水之间，庾景行品概无双，寄兴于檀板金樽之侧。皖江留顿，道出温柔，白下栖迟，人逢绮丽。潇潇暮雨，吴娘曲里新声，皎皎中天，扬子江头明月。缘赋情之特甚，致所遇之多奇。昔梦犹存，其人宛在，然而乌栖月下，已换楼台，燕到春余，半迷门巷，重来渔父，垂髫黄发之全非，前度刘郎，紫陌红尘之小异。卿同断梗，侬是飘蓬。江淹之别恨依依，卫玠之愁肠脉脉。雪泥鸿爪，李师师兹在谁家？鬓影蝉钗，关盼盼今归别

48

院。花迎旧路,抚今昔以神伤,鸟变新音,对湖山而心捣。因而谱花丛之烂漫,字字皆春,志柳絮之飘摇,行行似玉。缘欢寓恨,婉而多风,即色成空,华不为靡。编同玉茗,发函皆艳异之人,记续曼翁,载笔并后先之美。君非达者,玉钗金粉之遐思,仆本恨人,榴帐薇裙之前梦。览新编而惆怅,触往事于依稀,雌霓吟文,佩服太冲之著,乌焉成字,效颦元晏之谈云尔。阏逢执徐涂月朔,青溪研香拜撰。

《续板桥杂记》弁言

非遍览山川形势之胜,不足以宕心胸,非遍历美人歌舞之场,不足以言风雅。吾友珠泉挟不世才,喜遨游,袖中诗卷,襟上酒痕,随处有焉。每当秋风白下,夜雨扬州,偶有所见,寄情而不腻于情,虽珠鲜玉脆,一顾犹怜,而流水行云,过焉辄化,非所谓入乎其中而超乎其外者欤?昔东坡与琴操湖上参禅,戏相答问,琴遂感而削发。由此观之,则斯记也,即从黑海惊波,唤醒青楼幻梦矣。如曰倚翠偎红,风流绝世,评花谑柳,歌咏宜人,犹浅之乎测珠泉也。岁在屠维作噩阳月上浣,海陵默堂主人拜题。

《续板桥杂记》缘起

余曩时读曼翁《板桥杂记》,留连神往,惜不获睹前辈风流。迨闻丙申以来,繁华似昔,则梦想白门柳色,又历有年所矣。庚子夏五,枞阳观察招赴金陵,曾于公余遍览秦淮之胜,旋以居停罢官,束装归里,计为平安杜书记者,无多日也。辛丑春重来白下,闲居三月,时与二三知己,选胜征歌,兴复不浅。嗣余就聘崇川,三年羁迹,青溪一曲,邈若山河。今秋于役省垣,侨居王氏水阁者十日,赤栏桥畔,回首旧欢,无复存者,惟云阳校书,犹共晨夕。因思当日,不乏素心,曾几何时,风流云散,安知目前之依依聚首者,不一二年间,行又蓬飘梗泛乎。爰于回棹余闲,抚今追昔,续成是记,亦类分雅游、丽品、轶事三卷,非敢效颦曼翁,聊使师师简简之名,得偕江水以俱长尔。至于闻见无多,记叙谫陋,续貂之病,阅者原之。时甲辰中秋望后二日,茗南珠泉居士书于雉皋舟次。

卷上　雅游

秦淮古佳丽地，自六朝以来，青溪、笛步间，类多韵事。洎乎前明，轻烟澹粉，灯火楼台，号称极盛。迨申、酉之交，一片欢场，化为瓦砾。每揽板桥前记，美人黄土，名士青山，良可慨已。乃承平既久，风月撩人，十数年来，裙屐笙歌，依然繁艳。讵江左流风，于今未艾，抑山温水软，良由地气使然欤？

前明河房，为文人宴游之所。妓家则鳞次旧院，在钞库街南，与贡院隔河遥对。今自利涉桥至武定桥，两岸河房，丽姝栉比。俗称本地者曰本帮，来自姑苏者曰苏帮，来自维扬者曰扬帮。虽其中妍媸各别，而芬芳罗绮，嘹亮笙歌，皆足使裙屐少年迷魂荡志也。

自利涉桥以东，为钓鱼巷。迤逦至水关，临河一带，亦丽者所居，地稍静僻。每有名姬，心厌尘市，择此居之。然自夏初水长，以迄秋中，游艇往来，亦复络绎不绝。

由文德桥而西，为武定桥。迤西至新桥，亦有河楼，地处西偏，游踪暂至，故卜居者少。至白塔巷、王府塘诸处，室宇湫隘，类皆卑屑所居，不敢与水榭颉颃。闻亦间有丽人，余则未之见也。

贡院与学宫毗连，院墙外为街，街以南皆河房。每值宾兴之岁，多士云集，豪华者挟重赀，择丽姝侨寓焉。寒素之士，时亦挈伴闲游，寻莲访藕。好风引梦，仙路迷人，求其独清独醒，殆什无二三也。

秦淮河凿自祖龙,水由方山来,西流沿石城达于江。当春夏之交,潮汐盛至,十里盈盈,足恣游赏,迨秋季水落,舟楫不通。故泛舟者始于初夏,讫于仲秋。当夫序届天中,日逢竹醉(五月十三日,倾城出游,较端午尤盛),游船数百,震荡波心。清曲南词,十番锣鼓,腾腾如沸,各奏尔能。薄暮须臾,烛龙炫耀,帘幕毕钩,倩妆倚栏,声光缭乱,虽无昔日灯船之盛,而良辰美景,乐事赏心,洵升平气象也。

秦淮河船,上用篷厂,悬以角灯,下设回栏,中施几榻。盘盂尊罍,色色皆精。船左右不设窗寮,以便眺望。每当放船落日,双桨平分,扑鼻风荷,沁心雪藕,聆清歌之一曲,望彼美兮盈盈,真乃缥缈欲仙,尘襟胥涤矣。

青溪一曲,消夏最宜,而游目骋怀,春秋亦多佳日。至于冬令,朔风如刀,招招者绝迹矣。然促坐围炉,浅斟低唱,作消寒会,正不减罗浮梦中。

茶寮酒肆,东则桃叶渡口,西至武定桥头,张幕挑帘,食物俱备。而诸名姬又家有厨娘,水陆珍奇,充盈庖室。仓猝客来,咄嗟立办。燕饮之便,莫过于斯。

院中虽各分门户,而去此适彼,转徙无常,是以姊妹行亦随时更易。间有亲生子女,一门团聚者,大概土著居多。若乃买雏教歌,认为己女,高其声价,待客梳拢,爱俏者其名,爱钞者其实。尝有一女而上头数次者。伧父大贾,无难欺以其方,使彼悭囊顿破也。

河亭设宴,向止小童歌唱,佐以弦索笙箫。年来教习女优,凡十岁以上,十五以下,声容并美者,派以生旦,各擅所长，妆束登场，神移四座，缠头之费，十倍梨园。至于名妓仙娃，亦各娴法曲，非知音密席，不肯轻啭歌喉。若《寄生草》、《剪靛花》，淫靡之音，乃倚门献笑者歌之，名姬不屑也。

日初过午，卖花声便盈街市。茉莉珠兰，提篮挈榼，不异曼翁前记所云。近更缀以铜丝，幻成鱼篮飞鸟，可以悬诸帐中。比及昏黄，则雪花齐放矣。酒醒梦回，芳馨横溢，和以气肌芗泽，如游众香国中。

院中衣裳妆束，以苏为式，而彩裾广袖，兼效维扬。惟睡鞋用之者少。余见河房诸姬，咸以素帛制为小袜，似膝裤而有底，上以锦带系之，能使双缠不露，且竟夕不松脱也。其履地用方头鞋，如童子履而无后跟，即古靸鞋遗制。灯影下曳之以行，亦彳亍有致。至于抹胸，俗称肚兜，夏纱冬绉，贮以麝屑，缘以锦缣，乍解罗襟，便闻香泽。雪肤绛袜，交映有情，此尤服之妖者。

卷中　丽品

秦淮名姝，首推二汤。二汤者，本郡人，以九、十行称，孪生姊妹也。态度则杨柳晚风，容华若芙蕖晓日，并翠眉而玉颊，各卢瞳而赪唇。乍见者如一对璧人，无分伯仲，注目凝睇，觉九姬靥辅微圆，左手背有黑痣一小点，可识别也。早堕风尘，从良未遂，阖户数十指，惟赖二姬作生涯，虽车马盈门，不乏贵游投赠，而缠头到手辄尽。居新桥之牛市，临流数椽，湫溢已甚。余曾于辛丑夏初邂逅一晤，今秋往访，适为势家招去侑觞，不复谋面。闻之桐城孙楚倚云："二姬穷愁日甚，虽年才二纪，而消瘦容光，较初破瓜时，已十减六七矣。然三分丰韵，尚堪领袖秦淮也。"嗟乎，人美如玉，命薄于云，如二姬者，殆以奇姿遭造物之妒欤。楚侬又语余云："桐邑杨米人，曾为二姬作《双珠记传奇》，情文并茂。"惜尚秘之枕函，余未得而读之。

朱大，苏州人，身体弱小，人戏以"朱骨"称之。盖细骨轻躯，践尘无迹，倘舞回风，当挽留仙之裾也。鬒发如云，明眸似水，骤与之遇，神光陆离。在侪辈中齿稍长矣，而风度高雅，无折腰龋齿习气，故文士乐与之游。随园主人，过江耆宿也，遂初既赋，寄兴扫眉，雅与姬善，苍髯红粉，尝相对于银灯绿酒之间。余于庚、辛两度抵宁，时一过从，瀹茗清谈，目为艳友。惜近以病废，退居僻巷中，生计萧然，无复过而问者。"芙蓉绿水秋将老，鹦鹉金笼语可怜。"旧日繁华，不堪回首矣。姬有女，年方十岁，教以歌曲，不肯发声，自言愿归里门，织布为业。余闻之叹曰："此大知识之女也，宜成其志。"姬亦以余言为然。

徐二，江阴之青阳镇人，本姓张，乳名银儿。年十七，适同里徐权，田舍郎不解温存，大有骏马驮痴之戚。权又性耽逸乐，不愿力田，惑于匪人，夫妻偕赴吴门，转徙秦淮，作脂粉生活。性情豪迈，不屑效倚门娼，与人较钱帛，非心之所好，即诱以多金，弗顾也。余游金陵，首与姬晤，雪肤花貌，丰若有余，而裙底弓弯，却又瘦不盈握。赠以诗，有"一泓秋水双钩月，洗尽秦淮烂漫春"之句，见者谓非虚誉。先是姬赁居洞神宫前马姬家，斗室两间，殊苦窄陋，且为伧父所侮，不安厥居。余倾囊伙助，并纠同志，为卜居于城北细柳巷中，此庚子七月间事也。明年春，余再抵白门，姬又迁上邑之娃娃桥。嗣余就馆崇川，闻为无良速讼，移家维扬。壬寅仲冬便道过访，虽座上客满，不异曩时，而风雨飘摇，渐觉朱颜非昔矣。逮今秋载造其庐，则已举家赴淮，托言索逋，实乃生计萧索，意欲别拣枝栖。闻其濒行，犹倩人至周稼轩幕中，询余近状，盖赋情特甚焉。为诵家梅村诗云："青山憔悴卿怜我，红粉飘零我忆卿。"殊觉今昔同情，不胜慨叹。姬幼工技击，不轻示人，余曾乘其薄醉，强一试之，矫若猿飞，疾同鸟落，腾跃半炊许，观者咸目眩神惊，姬一笑敛身，依然寻常旖旎也。

姬在娃娃桥时，有本郡人张二，寄居姬家，铅华不御，横波流光，雅有娇憨之态。惜翻云覆雨，爱憎无常，逐水桃花，未免稍轻薄耳。

王秀瑛，小名爱儿，父母皆苏州人，生于金陵，遂家焉。适伶人张七，以母命，非本志也。姿首清妍，举止闲雅，不乐与姊妹行为伍，所居钞库街之西，闺阁幽深，翛然绝俗。有伧父某，以白金四十唼其母，谋一夕欢，不可得。惟二三知己，相对永夕，杯茗清谈，鲜及于乱。遇缓急倾赀相助，不望报也。其情性矜尚如此。余友周子稼轩、孙子楚侬皆与善，尝语余云："姬非五鼓不眠，非日中不起，早饭晌午，晚膳三更，习以为常，不能改也。自奉甚薄，宴客必丰；盛服盈笥，弗以被体；能鼓琴，善南北曲，非兴会所至，虽素心人，不克强之发声。"是盖青楼中最有品者，然终以不得其所，郁郁多病。楚侬赋诗云："我本飘萍卿断梗，白门同是月残时。"姬为涕泣久之。有妹曰二姑，沉静寡言笑，高自位置，亦大有姊风。

董三，苏州人。肌肤不甚白，而天然韶令，虽粗服乱头，自有一顾倾城之致。余戏以墨牡丹名之。惜遇人不淑，孽海飘零，所得缠头，尽偿博债，眉黛间常有恨色。同居二人，长曰董大，眼光如醉，次曰董二，姿亦白晰。然以视三姬之风韵嫣然，不觉瞠乎后矣。

张玉秀，行大，苏州人，随其母寄籍江宁。眉目轩爽，举止大方，巾帼具须眉之气。少时楚省吴公子见而倾倒，出数百金梳拢之，为欢匝月。公子就官浙东，未半载，卒于署，仆从云散，宦囊萧然，旅榇不得归里。姬闻之，立出箧中赀，遣人赴浙扶柩西旋。舟过江关，素服哭临，呼号欲绝。遂于江口招提，广集缁流，礼忏三昼夜，尽倾箱笼长物，命其家人伴送至楚，为之营葬而返，以此侠妓之声振一时。辛丑岁，狎客朱元官为余道其事甚悉。余尝一再询之，泪眦炎炎，隐有母也天只之恨。别时许作一传，荏苒三载，未暇践言。今秋过访，已于六月间从良矣。问之邻姬，言有同邑名士邹生，年甫三旬，弦断未续，偶与姬晤，姬知其高世才也，赠以所蓄缠头，易金奉母，飘然长往。兹闻倡随相得，笔耕针耧，称嘉耦焉。吁，异哉，姬之所为，殆有大过人之才识，而济以豪侠果断者，不图于青楼中得之。余既深嘉其志，且喜其得所归也，为之缀序其事，以偿夙诺云。闻姬善昆曲，有崩云裂石之音，惜未及聆之。其继妹曰张二，弱质纤妍，亦娴词曲。姬有义女名双福，年才十一，白晰聪俊，与姊凤儿并工戏剧。余于王氏水阁听演《寻亲记·跌包》一出，声情并茂，不亚梨园能手。凤儿年十三，亦姬义女，自姬从良后，其母尚赖三人作生计焉。

郭三，名心儿，丹阳人。父早亡，及笄之岁，母惑媒氏言，误字维扬郭某。成婚未几，竟以胁诱堕入风尘。年十九，移家金陵之桃叶渡，妖冶倾一时。向来秦淮诸姬，以苏帮为文，扬帮为武。姬虽产于云阳，而来自邗江，遂为维扬诸姬之冠。都人士戏以武状元目之。其所交好，皆达官贵人，及文士负盛名者，赶热郎未易得觏颜色。余曾于辛夏邂逅河亭，颀而婉，丰而逸，素肌纤趾，温乎如莹。于今三年，姬齿二十有六，而盈门车马，不减当初。余友季子影生甚与善，尝为余言，姬赋性豪爽，重意气，善知人，无门户习。至于媚骨天生，更不待择新采异也。赠以短句四章，有云："醉闻娇喘声犹媚，暖熨丰肌汗亦香。漫道司空浑见惯，温柔只合唤仙乡。"皖桐光漱六孝廉闻而击节，以诗寄余，有"传来好句惟卿两，解识芳心共我三"之句。时孝廉在上洋戟署也。姬有义女曰小姑，扬州人，忘其姓，年才十七，长眉掩鬓，笑靥承颧，觯袖曳裾，风流秀曼，亦后起之隽也。

王四，本郡人。兰姿玉质，秀韵天成，性喜清幽，虽在风尘，常深自秘匿，不甚见客。所居月波水榭，绮窗锦幕，不染纤埃，几榻尊彝，位置俱极楚楚。入其室者，如别一洞天，几忘门以外之甚嚣尘上也。

施四，苏州人。窈窕秀弱，眉目含情，唇一点小于桃英，趾双翘瘦于莲瓣。年虽稍长，调笑无双，殆《疑雨集》所咏"丰容工泥夜，情味胜雏年"者也。松陵某尹昵宠之，携居胥江别馆，欲置为侧室不果，三载后复归秦淮。

徐九，扬州人，早负盛名，惜余未之见。孙楚依赠以词云："帘前记执纤纤手，堂中细酌盈盈酒。语软情温，惆怅巫山一段云。背人特地留侬住,惊风又拂衣衫去。无闷无愁,万唤千呼不转头。"又云:"惊春正滞邗江棹,悲秋始返金陵道。此日相逢,疑是飞琼下碧空。茜裙半掩榴花饰,云鬓低亚胭脂赤。相对多情,只少些儿画不成。"近闻已归吴江某明府公子为侧室,甚有宠云。

唐小,本郡人,住槽坊巷。年方及笄,品貌双绝,绮阁深藏,俗子未易谋面。善歌能饮,解诵风诗,每一掉文,如匡说解颐,不数郑家婢泥中之对也。其大妇曰严三,齿长于姬,而婍容修态,堪与颉颃,亦缘位置自高,羞与曲中人伍,人罕见之。

谢玉,字楚楚,本郡人。年十六,肌理玉雪,秀慧绝伦,与其母居钓鱼巷中。善南北曲,娇喉一啭,飞鸟遏音。母珍同掌珠,欲得佳子弟字之。玉亦自矜声价,不屑作寻香人,虽给侍宴游,犹虚屏山之梦也。

赵小,字静芳,江阴人。中人姿耳,有纨绮子弟昵之,一时献谀者,思博主人欢,遂有文状元之号。余观其为人,沉默寡言,无轻佻气习,要亦善自修饰,不随俗波靡者。

许寿子,本郡人。年逾二纪,举止风韵,俨如闺阁中人。有张生某凤与善,生以笔耕为业,而未有家室,岁入悉以遗姬,如是者有年。既而生以失馆旅居,饔飧不继,姬闻而招致之,终岁日用,皆取给于姬,衣履亦姬亲制。继复为宛转营谋,得膺某邑侯之聘,馆谷丰美。濒行时,姬置酒祖饯,生恋恋不忍别。姬于酒半,忽抗声谓生曰:"青楼中那有情好,所绸缪者钱耳。君留恋烟花,罔思自立,浪游数载,如梦如泡,今年已三旬,一误岂容再误。自兹以往,君当绝迹狭邪,亟图嘉耦。妾不能终事君,亦不愿继见君。此间君勿复来,亦无复以妾为念也。"言已欷歔,泣下如雨。生大感恸,即振策去。嗣闻就馆三年,积赀颇厚,且娶妾生子,不负姬别时所嘱云。先是有润城某公子慕姬名,策骑过访,适姬所赁屋,为主者别售,迫令徙居,某立出千金,购以赠姬,至今青溪艳称之。

徐二宝,本郡人,居钓鱼巷之上街。其夫为梨园领袖。姬于侪偶中年最长,余相识时,已不作脂粉生涯,然素服淡妆,自然幽雅,徐娘虽老,尚有风情也。皖桐光漱六孝廉夙与之善。有无锡秦姬者,与姬有葭莩亲,向居丁字帘前,庚子秋复自梁溪来,寄居姬家者匝月。余因徐姬得识秦姬,虽齿加长矣,而纤腰踽步,婉媚愁人,亦此中翘楚也。

徐寿姐,杭州人。适维扬徐某,侨寓秦淮,年已二纪,隽逸风流,妙解音律。同居数姬,并善度曲。余尝避暑河亭,寿率诸姬,柳荫列坐,丝肉竞发,云委尘飞,静聆移时,宛在清虚府也。

马四,苏州人。身躯弱小,明眸善睐,肤如凝脂,殆江淹赋所云"气柔色靡"者。惟双趺不甚纤妍,常鞯小方鞋(俗名拖鞋),作忙促状,掩其微疵。

王二,苏州人,早堕风尘,由琴川转徙金陵。余于庚夏相晤于熊氏河房,容貌亦自娟妍,第苦贫乏不能自存。赠以赀,且为延誉,得渐生色。及辛岁抵宁,则被服丽都,座客常满矣。绨袍虽在,已无恋恋故人之色。余笑而诘之,姬面发赪,一座粲然。姬有妹曰凤姐,年方十龄,致亦楚楚。教之歌曲,发响清越,妙合自然,洵美材也。

汤四、汤五,扬州人。姿首皆明艳,而四姬尤柔曼丰盈。

余尝戏之曰："子好食言而肥欤？"姬不解，误以言为盐，（吴音言、盐相似），率尔对曰："吾素不嗜盐。"闻者绝倒。

陈小，江北人。向居王府塘董二家，后徙潘家河房。年及破瓜，眉目疏朗，靥辅间数点微麻，天然媚丽。余同乡邵子峨堂与之善，语余云："姬姿致亦犹人耳，所绝胜者，一痕酥透，双蕾含春，触手温柔，不待斜照银灯，惊夸瑞雪也。"

董二，本郡董秃之女。年十五六，亦有微麻，白晰瑰逸，王府塘之魁首也。

金二，本姓丁，苏州人。居钓鱼巷，艳名颇著。余于庚夏曾一遇之，明眉慧眼，纤跌柔腰，几欲倾其流辈，惜两颧微高，婉容稍减。有某公子者，甚与善，珠玉锦绣，稠叠赠遗，尝于一月中费金千计。两情胶漆，引喻山河，秋以为期，丝萝永托。闻者咸谓金姬能博公子欢，庆将来得所归。公子亦喜得阿娇，拟以金屋贮之。一日公子启扉而入，阒其无人，询之邻姬，则姬于前夕尽室以行，不知所往。公子疑信参半，书空咄咄，侦骑四出，踪绪杳然，悲愤填膺，一病几殆。噫，青楼薄幸，如金姬者，其尤哉！

高四，太仓州人，居东水关。顾身玉立，情致娇憨。皖桐家蓉秋，一见倾倒。或云："姬向与某丞善，丞乃富于赀而蠢俗不韵者。"蓉秋力辩其诬，谓俊慧如姬，必能择人。赠以诗，有云："文君自解怜司马，碧玉何曾嫁汝南。"可谓情痴矣。乃蓉秋绝怜爱之，姬殊落落，尽倾囊中金，聚首无多日，卒以不欢而散。迨次年秋，蓉秋领乡荐，鹿鸣宴罢，缓辔过之。姬惭沮，闭户以疾辞，竟不出见。

周四,又称梁四,苏州人。年逾三十,风韵犹存,善弹琵琶,名著青溪、桃叶间。有两女曰大官、二官,貌不甚美,而演剧殊佳,十余龄耳,已识曲中三昧。同时小女伶,有周玲,乳名姐官,字瑟瑟,苏州人;方全,后改名璇,字姗来,江阴人;吴双福,张大义女;汪银儿、胡四喜、秦巧姐等(皆苏州人),并工院本,而周玲实创厥始,四喜独冠其曹。鉴湖邵子升岩尝语余云:"周玲之《寻梦》《题曲》,四喜之《拾画》《叫画》,含态腾芳,传神阿堵,能使观者感心娱目,回肠荡气,虽老伎师,自叹弗如也。"

卷下　轶事

闻之金陵父老云:"秦淮河房,向虽妓者所居,屈指不过几家,开宴延宾,亦不恒有。自十余年来,户户皆花,家家是玉,冶游遂无虚日。丙申、丁酉夏间尤甚,由南门桥迄东水关,灯火游船,衔尾蟠旋,不睹寸澜。河亭上下,照耀如昼。诸名姬家广筵长席,日午至丙夜,座客常满,樽酒不空。大约一日之间,千金糜费,真风流之薮泽,烟月之作坊也。"余游金陵,在庚、辛之交,已不及见尔日之繁华,名姝如朱素贞、刘子大辈,皆如石氏翻风,退为房老矣。而风月平康,今犹视昔,至五月初五、十三两日,游船之盛,正不减曩时也。

珠市地近内桥,已为市阛,旧院则废圃数十亩而已。中山东花园,仅存其名,故址不可复睹。回光、鹫峰两寺,亦金碧剥落,香火阒如。至长板桥,尤泯灭无迹,询之故老,漫指旷野中石桥以应,无从辨其是非。因诵"西风残照,杨柳弯腰"之曲,觉当时尚有秋水一泓,兹则尽成平陆,亦劫尘之小变也夫。

明初于聚宝、石城、西关诸处,建轻烟、澹粉、梅妍、柳翠等十四楼,以聚四方宾客。凡缙绅宴集,皆用官妓,与唐宋不异。晏振之《金陵元夕诗》所云"花月春风十四楼"也。今诸楼皆废,遗址无存。长干里一带室庐,亦尽成廛市。鸳湖朱竹垞先生《秦淮舟中》诗云:"闻道秦淮乐未阑,小长干接大长干。桃根桃叶无消息,肠断东风日暮寒。"吾湖东林陈兰谷先生亦有诗云:"轻烟澹粉乱栖鸦,重过城南旧狭邪。不为东风赊美酒,怪渠吹尽六朝花。"

沉香街,即钞库街,在贡院对河。相传嘉兴项子京焚所制沉香床,香经四五日不散,因以名街。余谓章台中原少情种,然千金买笑,期月便忘,絮薄花浮,毋乃太甚。快哉项生,酒半抗声,裂衣槌床,一吐胸头恶气,足令此辈愧生颜变矣。乃街之名由此而传,则又妓之不幸,而街之深幸也夫。

桃叶渡,在青溪曲处,渡头坊表,金碧焕如。每当夕照西沉,酒舫喧阗,与竞渡声相间。对岸为御河房,相传前明威武南巡,曾经驻跸。水榭外垂柳千丝,拖烟漾月,暑窗徙倚,清风徐来,不待帷展紫绡,始消尘燠也。

丁字帘前,厥名旧矣。今利涉桥之西,水榭三间,最为轩嚣。玉筯篆额,尚悬楣间,纵非当日故居,当亦相去不远。《桃花扇传奇》云:"桃根桃叶无人问,丁字帘前是断桥。"可证也。

秦淮游舫,不施窗幕,彼姝鲜乘舟者。竞渡则有楼船,进自水西门,净几纱窗,拂拭楚楚。名姬三五,载酒嬉游,帘影衣香,随风飘曳。余于辛丑夏五,犹及见之,嗣以当事者禁之而止。

端午龙舟，倾城游赏，极一时之盛矣。中元节为盂兰集福会，诸名姬家皆礼忏设斋，虔修佛事。好事者则于河流施放水灯，随波荧荧，颇堪寓目。至中秋前后夕，垒几为台，陈设香果，喧阗鼓吹，宴乐连宵，或踏月游嬉，逢桥打瓦，亦欢场韵事也。

河亭徙倚，以永朝夕，不须倚翠偎红，自可嬉怡忘倦。余于今秋寓居王氏水榭，每晨起，盥栉初毕，即闻邻女教歌之声，风外悠扬，使人意远。至日亭午，游艇如梭，呈丝逞竹。入夜则灯光焕发，爆竹喧阗。间偕云阳校书，掀帘凭眺，蓺香啜茗，娓娓清言，几忘凉月之西沉也。

市井方言，名姬不屑道。间有一二语，在章台间习闻之，如"这也不该提"、"那也不必了"是也。年来忽尚一"少"字，每询以事之隐讳者，辄矢口而答曰："少！"余尝戏作集句曰："这也不该提，那也不必了。白晰谁家郎，魂断一声少！"

"受郎珍惜只侬知，难忘霞侵月满时。最是将归犹未忍，阿母传语怪来迟。"此《疑雨集》中王次回《赠左卿》诗也。庚子八月十日余在江阴徐校书家，亦尝窃取其词以记事云："受侬珍惜感侬痴，最是霞侵月满时。虚说并头莲子好，个中苦薏只卿知。"

同乡沈子洁夫语余云："长洲詹孝廉湘亭，于今春应试白门，昵梁四养女磬儿，有《扇底新诗》六十首志其事。其友王铁夫，赋《志梦诗》五十章和焉。磬故吴人，谋归吴以事詹，志未谐而卒。詹哀之，以三百金市其枢，归葬于虎阜再来亭之西隅。祁昌司铎沈龚渔为谱《千金笑传奇》，付乐部。"詹、王两君诗册，暨龚渔《传奇》，洁夫皆亲见之，能诵其略，惜余后至，未获一睹为憾。洁夫又曰："同时有赵药老，与磬女弟荷儿狎，荷以马湘兰小影赠之，亦韵人也，兹已从良矣。"吁，青溪不少名姝，何四条弦家，独多佳话耶？

有卖花马妪者，苏州人，住洞神宫前黑廊下，年四十余而寡，日于河房中送花为业。子媳二人，并工手艺。所居前空屋两楹，常供客馆。邻寓有陈生某，家本越中，浮踪白下，值岁除日，主人以生夙逋无偿，迫令他徙。生请以五日为期，意将迁延卒岁，而主人不可，发声徵色，势且难缓须臾。生负气出门，进退无所，踯躅于利涉桥上，将为抱石之谋。适妪自桥南送花归来，见生倚栏孑立，神气颓丧，迥异平时，疑而诘问，生若罔闻。屡叩之，答以无他，辞色间转似憎妪饶舌者。妪益骇惑，强揽其袪以归，研询多时，始得其实。妪喟然曰："子误矣。以子之貌，当亦非久困者，何识短智浅，遽不欲生！妾虽贫，犹能为力，所负邻寓房膳若干金，即当代为措偿。今夕请子移寓妾居，度此残岁，来年俟有机缘，再图他适可也。"言已，便诣邻居，告以故，携取行李而返。生感其情，即为栖止。迨次年，生汲引乏人，仍无安砚之所，起居服食，皆仰给于妪。妪积久无倦容，亦无德色。偶有嘉肴名果，必先奉生。子与媳咸服事惟谨。嗣值生妻物故，子以觅父来宁。妪知生无以为家，复百计张罗，为其子纳妇，即于邻左赁屋以居。生父子适馆攸宁，几忘旅人之困焉。后阅年余，生始就邗江一巡司幕席，挈之偕往，无多岁入，仅给饔飧。淮阴一饭之酬，尚将俟诸异日也。同时又有潘妪者，亦苏州人，有子三人，咸习梨园。伯、仲并居河房，在文德桥之西，季子则家于白塔巷中，相距里许。妪往来两地，日以为常。桥北有八角碑亭，乃去来必经之路。某岁除夕，姬自河榭归家，出门甫数武，见有儒衣冠者，投缳于亭角，疾呼家人，解救获苏。时已昏暮，舁归河亭。询其姓氏里居，则张生名某，籍隶浙西，亦缘赋闲多时，侨寓寿圣庵中，负西客百余金，岁暮莫偿，而客坐索不去。生不得已，谬以告贷他出，至此无之，遂自经焉。姬闻之笑曰："原来不过百余金负欠耳，龌龊守钱奴，何逼人太甚耶！"立倾箧出金如数，付偿西客，且送生归寓，劝慰良殷。改岁后复不时馈遗。已而生将就馆西江，依依惜别。姬誓不望报，敦促启行。迄今二十余年，音问不绝，如亲串焉。二事皆得之云间袁子继香所述，余于二姬犹及见之，一卖花，一桨妓，曾不若寻常婆子耳。而济困扶危，各具一副侠肠，大为穷途生色，孰谓若辈中无人物耶。爰采入轶事以传之，且以风彼须眉，钻研钱孔，曾二姬之不若者。

《秦淮杂诗》，自渔洋山人后，作者如林，美不胜录。近时吾郡徐雨亭先生溥，著有竹枝词十首，质而弗俚，逸而不纤，亦足以徵前代之流风，志一时之韵事也。词云："何处春光景倍佳，烟花十里旧秦淮。豪家日费千金赏，博得青楼一凤鞋。""红妆结队斗铅华，高髻盘云堕鬓鸦。相与踏青联袂去，旧王府里看桃花。""彩鹢飞凫取次过，游船如织疾于梭。翠眉不许人窥见，水榭帘遮艳影多。""绣罢鸳鸯戏彩球，腰肢无力任勾留。生来少小风流惯，只解嬉春不解愁。""荼蘼开罢绽红榴，底事秦淮作胜游。两岸河房添好景，石栏杆外竞龙舟。""丁字帘前柳数行，晚凉浴罢换新妆。娇喉齐唱《桃花扇》，谁似当年郑妥娘。""梨园乐部夜相邀，活现风情未易描。留得怀宁余曲在,《春灯》《燕子》谱笙箫。""不爱后湖十顷莲,偏爱访妓莫愁边。游人尽道城南好,万柳庄前系酒船。""《水调》《伊梁》动客愁,渡头桃叶尚名楼。画船入夜笙歌沸,笑指星河看女牛。""云鬟凤鬟插紫兰,香罗细葛怯轻寒。中秋踏月娇痴甚,惯会逢桥打瓦磬。"相传雨亭在金陵,为人司织局,每吟诗,与机声相和。所镌《客游草》中,又有《秦淮即事》诗云:"漫拟琼枝话六朝,轻烟澹粉已沉销。蝶香人去遗歌扇,桃叶春归冷洞箫。别院空传莺语滑,落花犹衬马蹄骄。长堤剩有多情柳,依旧丝丝绾画桡。"清丽芊绵,不亚新城绮制也。

《续板桥杂记》后识

王　韬

　　《续板桥杂记》《雪鸿小记》，并珠泉居士作。珠泉素居茗雪，久旅金陵，为戟门揖客。花晨月夕，喜作狭邪游，莫愁、桃叶间，浪得狂名。游踪既倦，乃著是编，鸿爪雪泥，仿佛如在。挑灯展读，觉六朝余艳，犹有可寻，而当年余曼翁之所记，亦庶几一二见之。因忆予于道光丙午秋，以应试侨寓白下，曾识任素琴校书，固此中翘楚，而一时所称文探花也。索句题裙，分曹射覆，流连者匝月。迄今思之，恍如梦寐。呜呼，百年若瞬，为欢几何。后之视今，安知不犹今之视昔哉。戊寅浴佛会后二日，淞北玉魫生识于天南遯窟。

南京文献精编

板桥杂记补

（清末民初）金嗣芬 编

点校 薛 冰

南京出版传媒集团
南京出版社

《板桥杂记补》目录

序

　　金陵者,水月之名都,风流之巨薮。山川佳丽,产灵质于闺媛,烟水朦胧,演《后庭》于商女。盖金迷纸醉之境,粉白黛绿之姿,实足夺北里之胭脂,掩东山之丝竹,所谓南朝金粉,啧啧人口,由来旧矣。方其江山烜染,花月雕镂,娇罗绮于上春,歌箜篌于子夜;朝朝璧月,不照离人,步步金莲,都留香迹;庭前柳絮,乌衣咏雪之家,渡口桃根,雀桁呼船之路;泃乎仙如姑射,乡是温柔。然而艳梦难长,欢场易歇,倏兰芳其顿减,旋花事之飘零。杨柳陌头楼阁,闭台城之雨,枣花帘下笙歌,殢笛步之潮。秋光流水之低回,鸦栖何处? 金缕花枝之寄托,莺语间关。未免魂销,何堪梦忆! 况乃感均顽艳,变极沧桑。几日留都,这般名士,《春灯》演戏,朱丝烧燕子之笺,秋水呼卿,红架冷鹦哥之苑。家山破矣,风月凄然。新亭更上之时,能无流涕? 旧院重来之日,那不伤神! 团扇桃花,媚香之楼安在? 荒坟兰草,湘君之魂不归。遂觉水剩山残,香销艳绝,长一种荒园之菜,都非往日春光,照几根长板之桥,惟有旧时明月。呜呼,悲已!

　　楚青大令,生长名区,流连艳迹。灵和殿前之柳,想尔当年,长干陌上之花,逢君今日。惧娟娟之遂失,呼珊珊其欲来,于是录汇小名,轮扶大雅,成《板桥杂记补》三卷,仿曹张士女之表,只记秦淮,注徐釚本事之诗,不离建业。青溪九曲,小姑之居处无郎,石艇一枝,少妇之湖名误我。若夫丽情婉转,妖艳婀娜,悲欢极儿女之私,美刺因贞淫之俗,评存月旦,旨本风人;是则托意灵脩,拾楚垒之香草,取材脂泽,赋陶令之闲情。读者或感于斯文,情兮原钟于我辈。余曼翁如可作也,同借杯浇,董宛姬倘复见之,更增衾艳。宣统辛亥三月上元吴鸣麒序于铅山乌石榷舍。

序

　　《板桥杂记补》者，余友金子楚青之所纂也。楚青渊思玉韫，清才瑰照，湛酣载籍，晖映述耦，独与余缔金石之契，申胶漆之雅。譬松柏之叹子云，张华之嗜太冲，遭世迍邅，混浊不分，鱼目登筐，宝璐委衢。余与金子，同淹滞于末僚，弢辉耀于被褐，咸页颔佗傺，时相过从，秉炬论文，相视莫逆。一日，出视是编，属为弁语。夫金子自序，谓视澹心所记，一同一异；自余揆之，犹有三端。何则？澹心近晒群雌，广嘱众姝，历加月旦，被以阳秋，轶拟《丽情》，集俪《青楼》，萦纡于心，借书于手；是编则撷拾旧闻，非由目涉，其异一也。澹心下卷所记，旁及狎客，卯笛魁箫，沿幽溯隽；是编则付阙如，其异二也。澹心所载篇咏，多出当时游士，或口占以赠紫云，或题壁以酹贞娘，酒后茗余，絮欢抽恨；是编则喟古伤今，别有怀抱，凭吊之作，居其太半，其异三也。或谓史乘稗官，雅郑异趣，至如澹心所述，不过孙棨《北里》之伦，令钦《教坊》之匹，侪诸《说郛》，莫跻乙部，若犹搜蠡羽陵，效颦东施，逐三山之后尘，为婵娟之盲左，得毋慎乎？不知浔阳聆音，青衫自湿，《庭花》始唱，江上生凄。南朝胭脂，悲于麦秀之擢，留都箫鼓，哀于新亭之泣。阅世增欷,拊今独喟。秦淮舞扇,但见莺飞,旧苑歌台,空闻鹃语。我始欲愁,谁能遣此?命翰抽简,胡云已已。若乃守真善画,宛叔工书,观若搦毫,传浦云河鸟之吟,重文洒墨,写歌板银罂之句。如玉肆驮,艺苑淑媛,从而执贽,文姝驰羁,词坛夫君,倚为记室。况复李香侠骨,抗衡朱家,柳是风义,媲美范式,媚儿蹈节毋悔,方芷就刃如饴。凡斯馨逸,不以人废,讵因落溷之英,遂没留芳之美?撷其遗闻余韵,亦将愧彼冠带。然则金子兹著,辑佚琪林,搜残玉府,神女已堕之珰,拾余膏而尚馥,罗敷未采之草,掇半蒂而犹馨。非特金陵增其琐事,抑亦曼翁引为知己者焉。壬子十月江宁程先甲一夔序。

序

　　曩读《桃花扇》,至"剩一树柳弯腰"数语,辄欷歔久之。盖六朝佳丽地,仅以才子吟笺,美人歌板,结南朝兴亡之局。吁,可悲矣！余友金子楚青,出所纂《板桥杂记补》相视,于余曼翁《板桥杂记》所未载者,搜掇旧闻,录为是编。吹张三影之飞絮,断梗堪怜,画马一角之残山,冷灰谁问？辛夷花底,旧梦春消,丁字帘前,寒潮夜咽。展诵一过,古怀遥集。呜呼,金陵自六朝建国,江山文物,照映千古,乃劫换红羊,歌凄白雁,易世而后,祇余一二才子美人,供后人凭吊之资。斯又盱古衡今,怆然涕下,不独零脂剩粉,点点是沧桑之泪也。辛亥寒食日同里孙浚源太狷甫序于章门。

序

　　唐孙棨《北里志》，记女闾之秀者，亡虑数十事，多私昵言；逮明梅鼎祚《青泥莲花记》，进而记忠、记义、记孝、记节。夫倡优女子，设形容，鼓鸣瑟，跕屣目挑心招，以奔媚富厚，明匪必异于唐也。惟明士夫尚，任强气节相摩厉，与唐人之慕声华、好行小慧者殊；当夫纵酒放怀，猝发忠孝至性，往往溢词色间。彼挈琴侑酒者，既熟之耳，因倾虑而偕，夫义犹丝染矣。故其人其事，较唐为卓可传。余怀《板桥杂记》，亦图徽梅《记》，而言特偎傻，盖有所讳焉。金子处亡无所讳之世，为余《记》补三卷，采前闻以错事，陈古义而勾沉，劝风所由，义在于斯。至论次柳如是事，惜遇钱谦益为其不淑，发徐芳《藏山集》所未言，殆所谓"如有不同，即下己意"者乎。读金子书，以知女闾中尚有节义之士，而士夫当益自省；又知士夫一言动，皆能铸人，因随时可恢所抱。若是，则主文谲谏之用切。呜呼，吾人试绎汉广行露、野有死麕诸诗，降而考汉末诸生颂莽功德事，其隆污之感何如也。丙辰三月南海卢谔生叙于古虔州榷署。

序

予与楚青幼同笔砚，并受业于吴麟伯师之门。楚青少予凡七岁，课余辄喜搜集异闻，雨窗灯影如豆，他人鼾声雷动，而楚青鼻磨纸作蝇头书，漏三下不止，手胼目眵，以是为弄。同人故嬲之，则颜赪焦急，相为笑乐。弱冠后复从事考证《诗经》、三礼，皆多所发明，丛稿盈篋，虽踳驳间出，然吾乡先老谓其精者不在渊如、里堂下也。楚青益不自信，业亦不卒。既婚娶，迫于俯仰，走上海，应时报馆之聘，论议文字日数千言，昼夜颔颔，遂患脑病，每握笔痛作锥刺，势几殆，不得已而归里。溧阳尚书方督两江，怜其才而悯其遇也，托以调查学务，札赴东瀛，实资之以养疾。六阅月归，疾良已，自是又泛涉时务之学。楚青学凡三变，骎骎号博通矣。辛亥、癸丑间，家毁于寇，至所著书多零落，惟是编与国学、理科界数种，其官江西时为僚友传抄，录有副墨，稿独完，而是编尤存吾乡佚事，良可宝矣。呜呼，曼翁身经鼎革，《板桥杂记》一书，感喟万端，亦歌亦哭；楚青编辑是书，甫经脱稿，亦复不幸，同罹斯厄，可不谓奇哉。临川姜君旭民，惧其湮没，怂以付梓，嘱予述其颠末如此。同里孙毅威序，时客南昌省署。

序

　　溯夫溪回九曲,腻胭脂于北里,鸟啼六代,酣歌舞于南朝,江左繁华,固不仅风流之癖,亦盛衰之鉴也。昔曾文正手定南都,甫收白下之金汤,即整画船之箫鼓。山温水软,重展升平,鬓影衣香,更联文酒。一时美人名士,袭冒子河房之会,则想结清流,拟梅村千里之吟,则感深历劫。由是青楼记载,如《白门新柳记》《秦淮画舫录》,志平康之姓氏,编教坊之小名,方谓雕镌粉黛,刻画婵娟,亦曲部佳话矣。然而候虫时鸟之鸣,无裨论世知人之义,识者藐焉。吾友金子楚青,抱瑰丽之才,历坎坷之遇,青山作县,比彭泽之仕渊明,渌水扶莲,类长史之依王俭,而长干卜宅,熟桃叶之见闻,沧海横流,等曼翁之身世。尔其怅夷光之寂寞,姣让嫫盐,恨窈窕之沉埋,香销榛莽,沦落之伤谁共,迟暮之怨奚穷。事过如烟,后视今犹今视昔,文成隔世,卿怜我更我怜卿。暇时举《板桥杂记》所同时未载者若干人,又前此不同时可因板桥连及者若干人,广搜博引,成《板桥杂记补》一书,非自矜铁网之勤,实藉弥遗珠之憾也。呜呼,龙门合父子之笔,游侠、货殖而外,岂乏遗才,兰台缀兄妹之文,儒林、循吏之编,容多轶事,而况娥眉见嫉,忍匿容光,苎罗不出,谁怜衣袖。无名英雄,古今同慨。楚青是书,殆犹借酒杯以浇块垒,手丝桐而送飞鸿者乎。然而楚青倜乎远矣。丙寅冬十月桐城潘陛序,时同客蚌山军署。

自 序

　　余曼翁《板桥杂记》，以美人香草之思，写剩水残山之恨，每读一过，忧来无端。昔仁和朱闲泉诗云：可怜南部烟花录，断送留都土一方。则曼翁当日之感慨，可以想见矣。余生长金陵，习闻故实，秦淮一水，逝者如斯，繁华中零，古今同慨，城郭犹是，兴亡何穷！然如侯、陈、方、冒之绮才，李、董、顿、沙之丽质，虽时代贸迁，犹复令人欹歔欲绝。今则夕阳箫鼓，檀板金樽，祇存一二荡子妖姬，酣歌恒舞其间。求所谓名士美人，管领莺花，主持风雅，而青山黄土，飘零殆尽。后之视今，将不能如今之视昔。悲夫！烟窗多暇，浏览简编，凡坠粉零脂，曼翁所未及掇拾者，辄为甄录。允矣事有伤心，不嫌异代，非仅洗胰愁于江、鲍，续艳史于齐、梁也。陈迦陵《妇人集》，冒青若《妇人集补》，二书视《杂记》稍后出，亦甄采一时巾帼之选，惟平康、北里，间及名门，微与《杂记》稍异其例。余为是集，出入诸家，取材众著，独纪金陵，非是弗录，此其与曼翁同者也；而《杂记》只言留都一时之事，余则上及赵丽华、朱斗儿、徐翙翙、马湘兰诸人，明乎六朝剩粉，辄易中人，固不自南都始也，此其与曼翁异者也。呜呼，皱一池春水，何事干卿？剩几树垂杨，空歌怜汝，日暮途远，吹参差其谁，思月缺花蔫，呼芳魂而与语。后之览者，能勿慨乎！辛亥暮春睿灵修馆主人自识于古南昌郡客次。

84

跋

　　此书为江宁金楚青先生近辑，书成于宣统三年二月。是年八月，武昌起义，清祚告终。自序中"事有伤心，不嫌异代"云云，若有先见，可为文家佳话。全书取材于盛清诸大家文集笔记，视余澹心原书，原无多让。弁首骈序题词，亦卓然大雅，是能以平正通达之笔，写芳馨悱恻之思，艳体之上乘，风骚之遗音也。武进恽铁樵。

题 词

江宁潘宗鼎禹九

折戟零钗日又斜,王孙何事更天涯。伤春南浦销魂草,消夏东湖掌故花(君著《东湖消夏录》)。认取妥娘残粉黛,强闻顿老说琵琶。凭他司马青衫泪,和墨重题白下鸦。

夜雨无端话板桥,百年弹指意萧萧。几回古月成今月,无限来潮续去潮。盒子会依前度事,瓢儿菜忆故园遥。莆田迢递人何在,又见残棋劫后消。

龙虎销残莺燕老,西风吹梦到江南。回肠结曲乌衣巷,娄尾寒侵孔雀庵。亦有新亭名士感,可无旧院美人谈。东边淮水秦时月,一例繁华镜里酣。

收拾烟花六代春,晦斋同寄百年身(晦斋观察《金陵丛刻》有《板桥杂记》)。豉盐末下饶乡味,金粉丛中起研尘。底事干卿风皱水,我闻如是果生因。眼前锦字心间事,歌哭从来少替人。

义宁曹震东敭

消沉六代繁华梦,点缀蛮天一雁南。西上自编《宾退录》,东来不见我闻庵。渔樵身世如堪托,步里沧桑只助谈。纵有仲贤闲涕泪,烟波留得几人酣。

琼枝凋后锦帆斜，泥马金蛇半水涯。堤柳依依都恨种，海棠的的属颠花。宝公初地科头坐，贺老开场覆手琶。落日板桥秋色里，几回重忆暮年鸦。

寻春不过短长桥，文体千年尚姓萧。金带飘零人似梦，玉笙寥唳月如潮。虞山老去风怀减，水国吟成灯火遥。怕听秦淮呜咽水，旗亭沽酒要魂销。

泛尽元红送尽春，阑珊况是客中身。厌听破笛停歌管，撼说燔书起净尘。轻薄桃花归复社，呢喃燕子昧前因。乌丝龙髓年年恨，又见江南载笔人。

南昌王浩然父

地近六朝怀旧梦，数行金粉补江南。绮罗情障追前辙，花月因缘结退庵。瞥眼繁华萦客思，断肠诗句佐清谭。写来几曲秦淮路，香艳书成落笔酣。

歌管吹残日已斜，王孙大半走天涯。玉箫呜咽潮头水，金带飘零镜里花。客次漫劳图粉黛，樽前重与诉琵琶。沧桑阅尽风流减，拟把闲情赋暮鸦。

约略游踪记板桥，莫愁无恙水萧萧。万家灯火思前日，一例笙歌感暮潮。名士风怀偏有托，美人颜色未为遥。含情重话南朝事，多少芳魂此地销。

莫教辜负可怜春，补缀莺花属此身。北固江山剩歌舞，南来著述绝风尘。琼枝璧月资前录，燕子桃花记夙因。旧事不嫌重省过，小鬟催酒拜诗人。

南昌王易晓湘

水云乡，江南一线斜阳。暖溶溶、秦淮绿涨，行人艳说兴亡。素秋高、云凝空白,长堤静、柳落宫黄。红豆遗闻,影梅忆语,美人名字记来香。怪千古、词仙多事,大笔写沧桑。应共叹、湖山歌舞,送尽弘光。莽流年、暗中偷换,西风屈指堪伤。玉箫长、红牙顾曲,瑶钗动、翠羽飞觞。著扇桃花,衔笺燕子,等闲韵事付词场。终不负、豪华六代,春去尚余芳。今休问、玉环飞燕,尘土茫茫。(调寄《多丽》)

江宁仇埰述庵

玉琴弦外相思,嬉春只合江南住。青衫涕泪,天街灯火,美人歌舞。续梦随尘,寻欢拾坠,为谁情苦。但青溪九曲,风萍约尽,流不尽闲花絮。酒社词场非故,荡回肠、琵琶重诉。东湖吟罢,孤身如燕,旧巢频顾。一角残山,斜阳金粉,叮怜今古。引平生、万感绿芜,未改是台城路。(调寄《水龙吟》)

江宁陈匪石

问何事春池波皱,倒映丁帘,夕阳红瘦。白苎闻歌,翠笺题泪几僝僽。落盘珠走,浑不见琵琶手。绣笔粲江花,独梦入长桥疏柳。豆蔻,赋稍头二月,《北里志》中曾有。融酥腻粉,写心曲玉琴知否?送日暮彼美高邱,付残客临风酾酒。认寂寞空城,寒水烟笼依旧。(调寄《长亭怨慢》)

卷上　记人

赵丽华

金陵妓赵燕如，名丽华，小字宝英。父锐，善音律，武皇帝徵入供奉。丽华年十三，录籍教坊，容色姝丽，应对便捷，能缀小词，即被入弦索中。性豪宕任侠，数致千金数散之。与名士陈海樵、朱射陂、王仲房、金伯屿、沈勾章善。既长，尽捐粉黛，杜门谢客，而诸君与之游，爱好若兄妹。沈勾章为作传，曰赵："不但平康美人，使具须眉，当不在季孟、朱家下也。"（钱牧斋《列朝诗集小传》）

丽华字燕如，小字宝英，南院妓，自称昭阳殿中人。父锐，以善歌乐府，供奉康陵。燕如年十三，录籍教坊，能缀小词，被入弦索。予尝得其书画扇，楷法绝佳，后题云"己卯中秋，西池徵君、质山学士集海滨天香书屋，书此竟，闻任兵宪在陆泾坝御倭大捷，奏凯回戈，亦快事也。"沈嘉则为作传，有云：赵虽"平康美人，使具须眉，当不在剧孟、朱家下"。今即其题扇数语，豪宕可知。《赋别》一诗，亦手书便面者，诗云："妾舟西发君舟东，顷刻天生两处风。此去云山天际渺，寸心千里赋冥鸿。"（《静志居诗话》）

赵燕如，金陵名倡也。《寄谢友人送吴笺》诗云："感君寄吴笺，笺上双飞鹊。但效鹊双飞，不效吴笺薄。"一时名士，皆与之狎。邬佐卿《雪后访燕如》诗云："燕子楼前晓日迟，丛篁晴色岁寒知。庭留积雪看教舞，槛附青山入画眉。鼓瑟调从

翻玉树,当杯人似宴瑶池。云鬟漫对纶巾白,无奈风尘两鬓丝。"(周栎园《书影》)

王儒卿

儒卿,字赛玉,嘉靖间南京本司妓。其《寄吴郎》绝句云:"旧事巫山一梦中,佳期回首竟成空。郎心亦似浮萍草,莫怪杨花易逐风。"(《列朝诗集闰四小传》)

杨闷儿

闷儿,南京妓。林省郎男仲子与狎,有啮臂盟。仲子归,惮其尊人不决,而病沉淹,梦闷儿谓曰:"缘知不就,今且死。冀一见,胜浇奴坟上土也。"惊觉悲恸,果自浙来。而闷儿死三日,但目不瞑,一缕气微微,呼二郎。及仲抱而呼闷儿,目遂瞑。盖自仲子归,闷儿即杜门,迷惘牵思,而又不得意于其鸨母,故病益剧。仲子自负土成坟,杂桃花棘茨种之。题曰:"花貌棘心,千古薄命。"(《青楼小名录》)

姜舜玉

姜舜玉,号竹雪居士,隆庆间旧院妓,工诗兼楷书。(《列朝诗集闰四小传》)

舜玉有《花源逢顾、何二使君》诗云:"仙源凡几曲,夹岸桃花开。忽漫逢刘阮,殷勤劝酒杯。"

马湘兰

马姬名守真,小字玄儿,又字月娇,以善画兰,故湘兰之名独著。姿首如常人,神情开涤,濯濯如春柳早莺,吐词流盼,巧伺人意,见之者无不人人自失也。所居在秦淮胜处,池馆清疏,花石幽洁,曲廊便房,迷不可出。教诸小鬟学梨园子弟,日供张燕客,羯鼓琵琶声与金镂红牙声相间。性喜轻侠,时时挥金以赠少年,步摇条脱,每在子钱家,弗顾也。尝为墨祠郎所窘,王先生伯谷脱其厄,欲委身于王,王不可。万历甲辰,伯谷七十初度,湘兰自金陵往,置酒为寿,燕饮累月,歌舞达旦,为金闾数十年盛事。归未几而病,燃灯礼佛,沐浴更衣,端坐而逝,年五十七矣。有诗二卷,万历辛卯,伯谷为其序曰:"秣陵佳丽之地,青楼狭邪之间,桃叶题情,柳丝牵恨。胡天胡帝,登徒于以骀目,为云为雨,宋玉因而荡心。诚妖冶之奇境、温柔之妙乡也。有美一人,风流绝代。问姓则千金燕市之骏,托名则九畹湘江之草。轻钱刀若土壤,居然翠袖之朱家;重然诺如邱山,不忝红妆之季布。珮非交甫曷解,梭不幼舆焉投?文惭马卿,绿琴挑而不去;才谢药师,红拂怅其安适。六代精英,钟其慧性;三山灵秀,凝为丽情。尔乃搦琉璃之管,字字风云;擘玉叶之笺,言言月露。蝇头写怨,而览者心结;鱼腹缄情,而闻者神飞。寄幽惊于五字,音似曙莺之啭谷;抒孤抱于四韵,情类春蚕之吐丝。按《子夜》之新声,翻《后庭》之旧曲。瓦官阁下之涛,侬欲渡而吟断;征虏亭前之树,欢不见而歌残。语夫乘雾洛妃,未闻飞絮之咏;避风赵后,宁工明月之什?不谓柔曼,词兼白雪;岂云窈窕,才擅青箱。既高都市之纸价,遑惜山林之枣材。俾流苏帐底,披之而夜月窥人;玉镜台前,讽之而朝烟萦树。奚待锦江薛涛,标书记之目;岂止金闾杜韦,恼刺史之肠而已哉!"湘兰殁,伯谷为作传,赋挽诗十二绝句。至今词客过旧院者,皆为诗吊之。(《列朝诗集小传》)

马湘兰,名守真,金陵妓,能写兰竹。兰仿赵子固,竹仿

管夫人,俱能袭其遗韵。不惟风雅者所珍,且名闻海外,暹罗国使者亦知购其画而藏之。(姜二西《无声诗史》)

　　湘兰貌本中人,而放诞风流,善伺人意,性豪侠,恒挥金以赠少年。感吴人王伯谷为解墨祠郎之厄,欲委身事之,伯谷不可。万历甲辰,伯谷年七十。湘兰买楼船,载小鬟十五,造飞絮园,置酒为寿,晨夕歌舞,流连累月,亦胜概也。(《静志居诗话》)

　　王伯谷挽湘兰诗词云:"歌舞当年第一流,姓名赢得满青楼。多情未了身先死,化作芙蓉也并头。""石榴裙子是新裁,叠在空箱恐作灰。带上琵琶弦不系,长干寺里施僧来。""不待心挑与目招,一生辜负可怜宵。只堪罚作银河鹊,岁岁年年祇驾桥。""黄金不惜教婵娟,歌舞于今乐少年。月榭风台生蔓草,钿筝锦瑟化空烟。""明珠缀在凤头鞋,白璧雕成燕子钗。换得秣陵山十亩,香名不与骨俱埋。""舞裙歌扇本前因,绣佛长斋是后身。不逐西池王母去,定随南岳魏夫人。""水流花谢断人肠,一葬金钗土尽香。到底因缘终未绝,他生还许嫁王昌。""平生犹未识苏台,为我称觞始一来。何意倏然乘雾去,旧时门户长青苔。""佛灯禅榻与修持,七载空房只自知(姬未逝前,夜灯朝磬,奉斋十年)。试向金笼鹦鹉问,不曾私蓄卖珠儿。""兰汤浴罢净香熏,冉冉芳魂化彩云(姬临终就兰汤沐浴,褐服中裙,悉用布作,良久泊然而逝)。遗蜕一抔松下土,只须成塔不须坟。""红笺新辟似轻霞,小字蝇头密又斜。开箧不禁沾臆泪,非关老眼忽生花。""描兰写竹寄卿卿,遗墨都疑染泪成。不遇西川高节度,平康浪得校书名。"

赵彩姬

赵彩姬,字今燕,南曲中与马湘君齐名。张幼于中秋赋诗,有"翠帐红妆送客亭,佳人眉黛远山青。试从天上看河汉,今夜应无织女星"之句。诗句流传,脍炙人口,今燕亦用是,名冠北里。冒伯麟云:"余从十二名姬中,见今燕诗。顷游秦淮,知其尚在,屏居谢客。与吴非熊访之,容与温文,清言楚楚,枇杷花下闭门居,风流可想,不独徐娘老去也。故为刻其诗,附于湘兰之后。"(《列朝诗集小传》)

今燕,张幼于所狎,名冠北里。时曲中有刘、董、葛、段、赵、何、蒋、王、马、褚,先后齐名,所称十二钗也。晚居琵琶巷口,曰"闭门赵四"。其诗境颇胜诸人。(《静志居诗话》)

朱斗儿

朱斗儿,号素娥。画山水小景,陈鲁南授以笔法。与鲁南联诗,有"芙蓉明玉沼,杨柳暗金堤"之句。鲁南入史馆,素娥聚平日往还手札,封题还之。凤阳刘云岑访素娥,素娥不出,乃投一绝云:"曾是琼楼第一仙,旧陪鹤驾礼诸天。碧云缥缈罡风急,吹落红尘四十年。"素娥欣然见之。

素娥,金陵妓。山水小景,得陈石亭先生授之笔法,便入作家。闻石亭选入翰林吉士,尽以平生书画缄封寄之,上题云:"昨日个锦囊佳句明勾引,今日个玉堂人物难亲近。"即此,素娥之风流狡狯可想矣。(《无声诗史》)

林金兰

金兰,自号秋香亭中人,南都妓也。山水人物,宗马远,笔力清润。(《明书画史》)

金兰,一名奴儿,自号秋香亭中人。南都妓也,风流姿色冠于一时。学画于史廷直、王元父二人,笔力清润。落籍后有旧知欲求见,因画折枝柳于扇,诗以谢之曰:"昔日章台舞细腰,任君攀折嫩枝条。从今写入丹青里,不许东风再动摇。"(《青泥莲花记》)

祝允明有《题秋香便面》诗云:"晃玉摇银小扇图,五云楼阁女仙居。行间著个秋香字,知是成都薛校书。"(《本事诗》)

范　珠

范珠,字照乘,金陵妓。画山水,能对客挥毫。(《续金陵琐事》)

徐翩翩妹亭亭

翩翩,字惊鸿。年十六时,名未起,学琴不能操缦,学曲不能按板,因舍而学诗。谢少连于众中见之,曰:"此陈思王所谓翩若惊鸿者也!"由是人咸以惊鸿目之。有妹亭亭,字若鸿,亦慧黠。晚嫁江阴郁生。郁卒,返秣陵,削发为尼,居莲子营小庵。(《静志居诗话》)

翩翩,字惊鸿。有《寄友游楚》诗云:"妾怨章台柳,春归怕上楼。折来欲有寄,游子在黄州。叶互参差影,花飞历乱愁。林梢窥破镜,何日大刀头。"风雅可诵。(《野获编》)

翩翩,金陵妓,万历初年,以色艺擅声,能写墨兰。(《无声诗史》)

孙瑶华

瑶华,字灵光,金陵曲中名妓。归于新安汪景纯。景纯,江左大侠,忧时慷慨,期毁家以纾国难。灵光多所仈助,景纯以畏友目之。居白门城南,筑楼六朝松下,读书赋诗,屏绝铅华。景纯好蓄古书画鼎彝之属,经其鉴别,不失毫黍。王伯谷亟称之,以为今之李清照也。景纯殁,遂不作诗。所著《远山楼稿》亦不存。汪仲嘉有《代苏姬寄怨所欢》之诗,一时词客属和盈帙,吴非熊崖岸自矜。灵光诗一出,皆搁笔敛衽。景纯子骏声,以手迹示余,诗、字皆清劲婉约,真闺房之秀也。景纯在里门,有《寄衣》诗云:"闭妾深闺惟有梦,怜君故国岂无衣。"怨而不怒,可谓小雅之遗。亦骏声为余诵之。(《列朝诗集小传》)

灵光和诗云:"由来娇爱竞新知,空结同心不忍持。山上蘼芜宁再遇,陵西松柏讵相期。罗襦明月君休系,纨扇秋风妾不辞。极目自怜秋欲尽,流莺飞处草离离。"

范 云

云,字双玉,秦淮女子。文舍人启美有"相逢恨少珠千斛,问字云从玉一双"之句。徐元叹有《赠范校书双玉》诗。(《本事诗》)

王宝奴

宝奴,号眉山。武宗驻跸金陵,选教坊司乐妓十人备供奉,宝奴为首,姿容瑰丽出众,数侍巾栉。武宗回銮,宝奴还旧籍,咸以贵人呼之。宝奴自供奉归后,即闭阁不出,尝叹曰:"婢子获执巾天子前,安得复为人役!"遂长斋诵佛,为道人装以老。又传宝奴倜傥挥霍,尝一日乘油碧车以出,遇二球师,皆负绝技,邀之广途,请王娘登场。宝奴下车,风度潇洒,举趾蹁跹,观者如堵。宝奴出金数锭,酬二师去,其豪爽如此。(《本事诗》)

周绮生

绮生,名文,嘉兴人,隶籍曲中。口多微词,举止言论俨如士人。值宴集分韵,有用"习家池"者,绮生笑曰:"无乃太远乎!"举座拂衣起。尝有诗云:"扫眉才子多相忌,未敢人前说校书。"盖自伤也。后以属身非偶,敝衣毁容,重自摧废,晨夕炷香佛前祈死,时作小词,寓意无何,悒郁以死。检其箧中,有句云:"侍儿不解春愁,报道杏花零落。"知者伤之。钱虞山传其事。

杨　宛

杨宛,字宛叔,金陵名妓也。能诗,有丽句,善草书。归茗上茅止生,止生重其才,以殊礼遇之。(《列朝诗集小传》)

茅止生云:"宛叔归余,年仅十六,能读书,工小楷。其于诗,涉猎若不经意,而鲜润流利。"(《钟山献序》)

止生得宛叔,深赏其诗,序必称内子。既以遣荷戈,则自诩有侍人以为成妇,兼有句云:"家传傲骨为迂叟,帝赉词人作细君。"可云爱惜之至。顾宛叔恒思背之,《秋怀》诗云:"独自支颐独自愁,深情欲语又还羞。从来薄命应如此,敢比鸳鸯到白头。"止生亡后,思倚国戚田弘遇,以其贿迁。不期弘遇以众人蓄之,寻俾其授琴于季女。甲申寇变,宛叔携田氏女至金陵,匿山村中。盗突入其室,欲污田氏女。女不从,宛叔从旁力卫之,遂同遇害。诗如"江清风定候,山碧雁来天",亦称佳句。行楷特工,能于瘦劲中逞姿娟,真逸品也。(《静志居诗话》)

杨宛,字宛叔,金陵妓。归茅元仪。写兰石清饶有韵。(《无

声诗史》)

董其昌云:"杨宛书,非直妩媚取姿,而回腕出锋,绝无媚骨。"(《书史荟要》)

汪历贤《题宛叔兰亭临本》诗云:"独就规模出新意,更留粉本与兰亭。双钩响拓谁能事? 直似昭陵片箧醒。"(《香祖笔记》)

崔重文

重文,字媚儿,一字嫣然,南院妓。能诗《明诗综》录其《别黄元龙》绝句云:"枫落鸦翻秋水明,长桥独树古今情。寻常歌板银罂地,从此伤离不忍行。"(《明诗综》)

按:重文《赠别黄元龙》,原诗共八首《明诗综》仅录其一。兹补录其七绝云:"昨夜罗帏始觉霜,马嘶寒影候严装。晓灯欲暗将离室,不道离情畏曙光。""九月江南似小春,偷春花鸟殢归人。妆楼直对长干道,愁见行车起暮尘。""华裾赋别酒初醺,水调吴歌夜入云。此曲由来能解恨,一时凄切半缘君。""君心未去妾心行,相顾无声觉泪声。别后何人照憔悴? 空余明镜解含情。""莫轻春梦薄残缘,款语关心十五年。覆水落花难再合,匣琴从此怯危弦。""留君且住慰凄其,少住欢惊转益悲。欲绝不知因底事,将无真作有情痴。""亦道三秋只暂时,骨惊魂绝已难支。章台二月春风里,莫寄空函付柳丝。"(《本事诗》)

崔重文,小字媚儿。艳之者目曰嫣然。室中有幻影阁,驹隙所容,凡庭柳扶疏,归禽颉颃,呈态壁间,不遗毫末。(《本事诗》)

罗采南

罗采南,名芳涧,金陵妓。歙县潘景升有《銮江别罗采南》诗云:"城边垂柳拂高楼,塘上蒲生半没舟。雨过卢家偏好景,洗开新月曲如钩。""屈指青楼第几家,平铺秋水带蒹葭。江南有梦随君去,月色寒飘桂子花。"(《本事诗》)

朱无瑕

朱无瑕,字泰玉,桃叶渡边女子。幼学歌舞,举止谈笑,风流蕴藉。长而淹通文史,工诗善书。万历己酉,秦淮有社,会集天下名士。泰玉诗出,人皆尽废。有绣佛斋,时人以方马湘兰。(《列朝诗集小传》)

朱无瑕,字泰玉,桃叶妓。工楷书、画兰,能诗。(姚旅《露书》)

无瑕有《秋闺曲》,为时传诵。诗云:"芙蓉露冷月微微,小苑风清鸿雁飞。闻道玉门千万里,秋来何处寄征衣。"(《明诗综》)

延红菊

红菊,秦淮妓。本武安人。陆叔度性豪迈,游金陵,大会词人于桃叶。时红菊倚船窗,谓女伴曰:"今日之集,惜无两岸芙蕖。"陆乃复治具张宴,至则晚风拂席,荷香袭人。四座莫测其故。盖先一日以善价购得百缸,碎而沉之。自是十四楼中,奉为上客。(《青楼小名录》)

齐锦云

锦云,金陵教坊妓。能诗,善鼓琴,对人雅谈,终日不倦。与庠士傅春眷爱。春坐事系狱,锦云脱簪珥为馈给。春谪远戍,欲随行,春止之。因赋别云:"一咽春醪万里情,断肠芳草断肠莺。愿将双泪啼为雨,明日留君不出城。"春去,竟以想念病殁。(《青楼小名录》《青泥莲花记》记此事亦同)

郑如英

郑如英,字无美,小名妥,十二行也。金陵旧院妓,首推郑氏,妥晚出,亲铅椠之业,与期莲生目成。后寄《长相思》曲,十二字为目,酬和成帙。冒伯麟集妥与湘兰、赵今燕、朱泰玉之作,为《秦淮四美人选稿》。伯麟称妥"手不去书,朝夕焚香持课,居然有出世之想"。有《述怀》诗寄伯麟云:"浪说掌书仙,尘心谪九天。皈依原夙愿,陌上亦前缘。"良可念也。(《列朝诗集小传》)

按:无美与赵今燕、朱泰玉、马湘兰称万历中秦淮四美人。惟郑国变后犹存。作《桃花扇》者,遂有"老妥"之诮。美人固不可白头也。

陈淑女

淑女,旧院妓。廖道南为举人时,卒业南雍,与淑女相善。尝与淑女联句咏稳桌,廖云:"木屑原来斧凿成,"陈云:"暂来低处立功名。"廖云:"虽然不作擎天柱,"陈云:"也与人间断不平。"(《青楼小名录》)

尤 瑛

瑛,字钟玉,上元妓。著有《春水舫残稿》。后为尼。

乔 容

乔容,字云生,上元妓。著有《落霞词》。(与尤瑛同见《香咳集》)

王赓孺

赓孺,字雪梅,旧院人。吟咏诗画,皆所究心,尤善梅。(《无声诗史》)

蓝七娘

七娘,南京乐籍。善秋千、蹴鞠,入楚宫。乱后为尼。顾黄公有《楚宫老妓行》。(《顾景星集》)

顿 喜　　顿继芳

喜,号西来,金陵妓。善作兰竹、飞白石。继芳,南京旧院人,能画兰。

王采生

王采生,秦淮妓。嫁钱塘范某。毛驰黄有《赠王采生》诗。(《毛先舒集》)

杨 研

杨研,字步仙,旧院歌妓也。能诗善画,尤工兰竹。兵火后,寓武定桥南大功坊废园内。吴闻玮锵有诗酬之。(《本事诗》)

苗五美人

苗五,秦淮妓。有《送别程梦阳嘉燧》诗云:"萧萧帆举下中流,仍倚江边惨别楼。不觉欢娱成旧恨,更将新句结离愁。""绵绵寒夜已销魂,况复鸣琴月下门。与道弦中流水涩,秦淮霜苦缩潮痕。"孟阳有《酬别苗五美人》诗。(《程嘉燧集》)

单题柳

南曲以单题柳为冠。二十年前遇金坛马曲师,曾传其概。程孟阳有诗赠之。(《程嘉燧集》)

张 回

回，字渊如，一字观若，金陵妓。《明诗综》录其《送别赋得帆影》一首，诗云："劳劳亭上别，无计共君归。一叶随风去，孤帆挟浪飞。目穷河鸟尽，望断浦云稀。后夜伤心处，伤心隔翠微。"读之使人魂销。（《明诗综》）

刘引儿

引儿，南京妓。为一商所眷。商死，引儿为持服，岁时设祭，哭泣尽哀，杜门以女工自养。商家后凋落，复推所有周其妻子。有闻其贤，欲娶者，卒不从。（《青楼小名录》）

马如玉

如玉，本姓张，家金陵南市楼，徙居旧院，依假母之姓为马。修洁萧疏，无儿女子态。凡行乐伎俩，无不精工。熟《文选》、唐音，善小楷、八分书及绘事，倾动一时士大夫。而闺秀女媖与之婉娈，至有截发烧臂，抵死不相舍者。曲中诸媪，咸以为异。受戒栖霞苍霞法师，易名妙慧，专勤学佛，遍游太和、九华、天竺诸山，思结茅莫愁湖上，焚修度世，未果而卒，年三十余。惠史曰："北里名姬，多情笔于人。惟如玉不屑；即倩人，亦无能及之者。"（《列朝诗集小传》）

如玉，桃叶妓。善楷书，诗弈弈有致。国华王孙社中人也。（《露书》）

杨蕙娘

蕙娘，名晓英，秦淮女郎。工《黄庭》小楷。（《珊瑚网》）

马又兰

又兰，字芸卿，居金陵长板桥头。兰竹秀润，欲步湘兰风

韵。(《青楼小名录》)

郝文姝

文姝,字昭文。貌不扬而多才艺,谈论风生,有侠士风。李宁远大奴至白下,挟之而去。宁远镇辽东,闻其名,令掌书记,凡奏牍悉以属之。冯祭酒闻之,有《酬郝姬文姝》诗云:"虚作秣陵游,无因近莫愁。"其为人所敬慕若此。(《列朝诗集小传》)

郝文姝,字昭文,金陵珠市妓。领其谈吐,慷慨风生;下笔成琬琰,几令魏夫人收泣。而以貌列中品,油油然不屑也。宁远李大将军物色之,时方督师辽东,置诸掌记,称内记室,凡奏牍悉以属之。(潘之恒《鸾啸小品》)

珠市妓郝昭文,小楷法《黄庭》,甚工。亦能诗,有句云:"愿求举案侣,羞学倚门妆。"从良之心殊切。后嫁辽东指挥,邻姬泣送,嫌其远。昭文曰:"溺于风尘,寸步不乐;既得从良,再远辽东亦所甘心。"(《续金陵琐事》)

郝文姝,珠市妓。为人文弱,清致逼人。余尝在其斋头,见其信笔作报札,顷刻数百言,不减《黄庭》,真佳秀也。(《露书》)

郝 赛

郝赛,名婉然,字蕊珠。丽容媚态。楷书有昭文门风。著《调鹦集》。(《露书》)

郝艺娥,名婉然。工写宣和帖。(《珊瑚网》)

婉然,字蕊珠,珠市妓。有《调鹦集》。《明诗综》录其《凤凰台》绝句云:"雨过荒台春草长,浮云暗处是斜阳。杏花零落知多少?黄蝶翻飞野菜香。"清脆可诵。(《明诗综》)

杨玉香

玉香，金陵倡家女。年十五，色艺绝群。与闽人林景清题诗倡和，遂许嫁景清。诀别六年，景清复南游，泊舟白沙，月夜见玉香于舟中，欢好如平生。天将曙，不复见。景清至金陵访之，死经年矣。金陵人传之甚详。(《列朝诗集小传》)

董小宛

亡妾董氏，名白，字小宛，复字青莲。籍秦淮，徙吴门。在风尘虽有艳名，非其本色，倾盖矢从余。入吾门，才识智慧，始稍稍露。凡九年，上下内外大小，无忤无间。其佐余，著书肥遁；佐余妇，精女红，亲操井臼。以及蒙难遘疾，莫不履险如夷，茹苦如饴，合为一人。今忽死，余不知姬死，而余死也。但见余妇茕茕粥粥，视左右手，罔措也。上下内外大小之人，咸悲痛酸楚，以为不可复得也。传其慧心隐行，闻者叹者，莫不谓文人义士，难与争俦也。(《影梅庵忆语》)

董小宛，名白，一字青莲，秦淮乐籍中奇女也。七八岁，母陈氏教以书翰，辄了了。年十一二，神姿艳发，窈窕婵娟，无出其右。至针神曲圣、食谱茶经，莫不精晓。顾其性好静，每至幽林远壑，多依恋不能去。若夫男女阗集，喧笑并作，则心厌色沮。居恒揽镜，自语其影曰："吾姿慧若此，即诎首庸人妇，犹当叹彩凤随鸦，况作飘花零叶乎！"时冒子辟疆者，名襄，如皋人也，父祖贵显。年十四，即与云间董太傅、陈徵君相倡和。弱冠，与余暨陈则梁四五人，刑牲称雁序于旧都。其人姿仪天出，神清澈肤。余尝以诗赠之，目为东海秀影。所居凡女子见之，有不乐为贵人妇、愿为夫子妾者无数。辟疆顾高自标置,每遇狭邪掷心卖眼,皆土苴视之。

己卯应制来秦淮,吴次尾、方密之、侯朝宗咸向辟疆啧啧小宛名。辟疆曰:"未经平子目,未定也。"而姬亦时从名流宴集,间闻人说冒子,则询冒子何如人。客曰:"此今之高名才子,负气节而又风流自喜者也。"则亦胸次贮之。比辟疆同密之屡访,姬则厌秦淮嚣,徙金阊。比下第,辟疆送其尊人秉宪东粤,遂留吴门。闻姬住半塘,再访之,多不值。时姬又恶嚣,非受廮于炎炙,则必逃之鼪鼯之径。一日,姬方昼醉睡,闻冒子在门。母亦慧倩,亟扶出,相见于曲栏花下。主宾双至,有光若月,流于堂户。已而四目瞪视,不发一言。盖辟疆心筹,谓此入眼第一,可系红丝。而宛君则内语曰:"吾静观之,得其神趣,此殆吾委心处也。"但即欲自归,恐太遽,遂如梦值故欢旧戚,两意融液,莫能举似,但连声顾其母曰:"异人!异人!"

辟疆旋以三吴坛坫争相属凌,遽而别。阅屡岁,一至吴,则姬自西湖远游于黄山、白岳间者,将三年矣。此三年中,辟疆在吴门,有某姬亦倾盖输心,遂订密约,然以省觐往衡岳不果。辛巳夏,献贼突破襄樊。特调衡永兵备使者,监左镇军。时辟疆痛尊人身陷兵火,上书万言于政府言路,历陈尊人不阿、逢怒同乡同年状,倾动朝堂。至壬午春,复得调。辟疆喜甚,疾过吴门,践某姬约。至则前此一旬,已为窦霍豪家不惜万金劫去矣。辟疆正彷徨郁抑,无所寄托,偶月下荡叶舟,随风飘泊,至桐桥内,见小楼如画图,闲立水涯。无意询岸边人,则云:此秦淮董姬自黄山归,丧母,抱危病,镮户二旬余矣。辟疆闻之,惊喜欲狂,坚叩其门,始得入。比登楼,则灯炬无光,药铛狼籍。启帷视之，奄奄一息，小宛也。姬忽见辟疆，倦眸审视，泪如雨下，述痛母怀君状，犹乍吐乍含，喘息未定。至午夜，披衣遂起，曰："吾疾愈矣！"乃正告辟疆曰："吾有怀久矣，夫物未有孤产而无偶者，如顿牟之草，磁石之铁，气有潜感，数亦有冥会。今吾不见子，则神废；一见子，则神立。二十日来，勺粒不沾，医药罔效。今君夜半一至，吾遂霍然。君即有当于我，我岂无当于君，愿以此刻委终身于君，君万勿辞！"辟疆沉吟曰："天下固无是易易事。且君向一醉晤，今一病逢，何从知余闺中贤否，乃轻身相委如是耶？且今得大人喜音，明早当遣使襄樊，何敢留此？请辞去。"

至次日，姬靓妆鲜衣，束行李，屡促登舟，誓不复返。姬时有父，多嗜好，又荡费无度，恃姬负一时冠绝名，遂逋负数千金，咸无如姬何也。自此渡浒关，游惠山，历毗陵、阳羡、澄江，抵北固，登金焦。著西洋裉红轻衫，薄如蝉纱，洁比雪艳，与辟疆观竞渡于江山最胜处，千万人争步拥之，谓江妃携偶踏波而上征也。凡二十七日，辟疆二十七度辞。姬痛哭，叩其意，辟疆曰："吾大人虽离虎穴，未定归期。且秋期逼矣，欲破釜沉舟冀一当。子盍归待之。"姬乃大喜，曰："余归，长斋谢客，茗碗炉香，听子好音。"遂别，自是杜门茹素。有窦霍相檄，佻达横侮，皆假贷贿赂，以蝉脱之。短缄细札，诺责寻盟，无月不数至。

迨至八月初，姬复只身挈一妇，从吴买舟行。逢盗折舵入苇中，三日不得食。抵秦淮，复停舟郭外，候辟疆闱事毕，始见之。一时应制诸名贵，咸置酒高会。中秋夜，觞姬与辟疆于河亭,演怀宁新戏《燕子笺》。时秦淮女郎满座,皆激扬叹羡,以姬得归,为之喜极泪下。榜发,辟疆复中副车;而宪副公不赴新调,请告适归。且姬索逋者益众,又未易落籍。辟疆仍力劝之归,而以黄衫押衙托同盟某刺史。刺史莽,众哗,挟姬匿之,几败事。虞山钱牧斋先生,维时不惟一代龙门,实风流主教也,素期许辟疆甚远,而又爱姬之俊识,特至半塘,令柳姬与姬为伴,亲为规划,债家意满。时又有大帅以千金为姬与辟疆寿,而刘大行复佐之。凡三日,遂得了一切,集远近与姬饯别,于虎邱买舟,以手书并盈尺之卷送姬至如皋。又移书与门生张祠部为之落籍。

八月初姬南征时,闻夫人贤甚,特令其父先之如皋,以至情告夫人。夫人喜诺已久矣。姬入门后,智慧络绎,上下内外大小,罔不妥悦。与辟疆日坐画苑书圃中,抚桐瑟,赏茗香,评品人物山水,鉴别金石鼎彝。闲吟得句,与采辑诗史,必捧砚席为书之。意所欲得与意所未及,必控弦追箭以赴之。即家所素无、人所莫办,仓卒之间,无不立就。相得之乐,两人恒云天壤间未之有也。甲申崩坼,辟疆避难渡江,与举家遁浙之盐官,履危九死。姬不以身先,则愿以身后,宁使兵得我则释君,君其问我于泉府耳。中间智计百出,保全实多。后辟疆虽不死于兵,而濒死于病,姬凡侍药不间寝食者百昼夜。事平,始得归故里。前后凡九年,年仅二十七岁,以劳瘁病卒。其致病之由,与久病之状,并隐微难悉,详辟疆《忆语》哀辞中。不惟千古神伤,实堪令奉倩安仁搁笔也。

琴牧子曰:姬殁,辟疆哭之曰:"吾不知姬死,而吾死也。"

予谓父母在,不许人以死,况裀席间物乎。及读辟疆哀辞,始知情至之人,固不妨此语也。夫饥色如饥食也,饥食者获一饱,虽珍馐亦厌之。今辟疆九年而未厌,何也?饥德,非饥色也。栖山水者,十年而不出,其朝光夕景,有以日酬其志也。宛君其有日酬冒子者乎!虽然,历历风波、疾厄盗贼之际,而不变如宛君者,真奇女,可匹我辟疆奇男子矣。(张公亮《萤芝集》)

秦淮董姬,字小宛,才色擅一时。后归如皋推官襄,明秀温惠,与推官雅相称。居艳月楼,集古今闺帏事,荟为一书,名曰《奁艳》。王吏部撰《朱鸟逸史》,往往津逮之。姬夭后,葬影梅庵旁。张明弼揭扬为传,吴绮兵曹为诔。详载《影梅庵忆语》中。(《妇人集》冒注)

按:杂记载小宛事,不言《奁艳》及《朱鸟逸史》事,故复录之。

朱媚儿

媚儿,秦淮倡也。归耿章光,山东人,明季进士,投诚寓金陵。后受秦王孙可望札,与通谋。事觉被戮,以尸归。其妻妾环哭之。媚儿止之曰:"此非哭泣时也。国法,叛人妻孥收入官,发满洲为奴。此时不早为计,则耻辱狼籍,更为死者羞。"力劝其主母并女媳妾滕等投井死。媚儿独后,更坚闭前后门,从容入井死。呜呼,媚儿,倡也,不惟能死其主,且能全主母一家之节,何见之明而行之决也。明末士夫愧此倡多矣。(《广阳杂记》)

金嗣芬曰:媚儿可谓智、勇、节、烈四德俱备者矣。须眉男子,具其一节,已足成名。乃媚儿以弱女子而兼有之,且出身倡伎,备位妾媵,与夫金闺淑媛又不相侔,而竟若此。钱谦益、龚鼎孳之罪,上通于天矣。

李　氏

李氏,字小凤,长干里人也。其父母故贫,幼鬻于耿进士章光家。耿罹平陵之难,自妻姚、朱以外,随死者凡四人。小凤法当入官。兰陵刘生捐金赎之。左右其事,则马大将军之力为多,将军名允昌,闻者义焉。与小凤同时入官者,一曰双萼,后代小凤选入掖庭。一曰服益,则年最少,后不知所终。王渔洋有《咏小凤》绝句四首,其末章云:"乍宜角枕袁生咏,自卖青溪卢女还。罢画楼台烟月夜,刘郎应不忆人间。"盖指此也。(《广阳杂记》)

寇白门

寇白门,南苑教坊女也。朱保国公娶姬时,令甲士五千,俱执绛纱灯,照耀如白昼。国初籍没诸勋卫,朱尽室入燕都,次第卖歌姬自给。寇度亦在所遣中,一日谓朱曰:"若卖妾,计所得不过数百金,徒令妾落沙咤利之手。且妾尚未暇即死,尚能持我公阴事。不若使妾南归,一月之间,当得万金。"按姬出后,复流落乐籍中。吴祭酒作诗赠之,有江州白傅之叹。(《妇人集》冒注)

卞玉京

玉京道人,莫详所自出。或曰秦淮人,姓卞氏。知书,工小楷,能画兰,能琴。年十八,侨虎邱之山塘,所居湘帘琴几,严净无纤尘。双眸泓然,日与佳墨良纸相映彻。见客初亦不甚酬对,少焉谐谑间作,一座倾靡。与之久者,时见有怨恨色。问之，辄乱以他语。其警慧虽文士莫及也。与鹿樵生（梅村自号鹿樵《镇洋县志》：梅村有鹿樵书舍）一见，遂欲以身许，酒酣拊几而顾曰："亦有意乎？"生固为若弗解者。长叹凝眸，后亦竟弗复言。寻遇乱别去，归秦淮五六年矣。久之，有闻其复东下者，主于海虞一故人。生偶过焉，尚书某公者（尚书：虞山钱牧斋）张具请为生必致之。众客皆停杯不御。已，报曰："至矣。"有顷，四车入内宅。屡呼之，终不肯出。生悒怏自失，殆不能为情。归赋四诗以告绝。（四诗即集中《琴河感旧》）已而叹曰："吾自负之，可奈何！"逾数月，玉京忽至，有婢曰柔柔者随之。尝着黄衣作道人装，呼柔柔取所携琴来，为生鼓一再，泫然曰："吾在秦淮，见中山故第，有女绝世，名在南内选择中。未入宫而乱作，军府以一鞭驱策之去。吾侪沦落，分也，又复谁怨乎！"坐客皆为出涕。柔柔庄且慧。道人画兰，好作风枝婀娜，一落笔尽十余纸。柔柔承侍砚席，如弟子然，终日未尝少休。客或导之以言，弗应；予之酒，弗肯饮。逾两年，渡浙江，归于东中一诸侯，不得意，进柔柔奉之，乞身下发，依良医保御氏于吴中。保御者，年七十余，侯之宗人，筑别馆，资给之良厚。侯死，柔柔生一子而嫁；所嫁家遇祸，莫知所终。道人持课诵，戒律甚严。生于保御，中表也，得以方外礼见。道人用三年力，刺舌血为保御书《法华经》。既成，自为文序之。缙素咸捧手赞叹。凡十余年而卒，墓在惠山祗陀庵锦树林之原。（《吴梅村集》）

李贞俪

贞俪，字淡如，桃叶妓。工书画，著有《韵芳集》。（《露书》）

《明诗综》录其《月夜有怀》绝句云:"不见风前旧令君,满庭霜月白于云。仙居共隔青溪曲,此夜钟声应共闻。"

李 香

李姬者,名香。母曰贞俪,有侠气,尝一夜博,输千金立尽;所交皆当世豪杰,尤与阳羡陈贞慧善。姬为其养女,亦侠而慧。略知书,能辨别士大夫贤否。张学士溥、夏吏部允彝亟称之。少风调,皎爽不群。十三岁从吴人周如松受歌,玉茗堂四传奇皆能尽其音节。尤工《琵琶词》,然不轻发也。雪苑侯生己卯来金陵,与相识。姬尝邀侯生为诗,而自歌以偿之。初,皖人阮大铖者,以阿附魏忠贤论城旦,屏居金陵,为清议所斥。阳羡陈贞慧、贵池吴应箕实首其事,持之力。大铖不得已,欲侯生为解之,而乃假所善王将军,日载酒食与侯生游。姬曰:"王将军贫,非结客者。公子盍叩之。"侯生三问,将军乃屏人,述大铖意。姬私语侯生曰:"妾少从假母识阳羡君,其人有高义;闻吴君尤铮铮。今皆与公子善,奈何以阮公负至交乎?且以公子之世望,安事阮公?公子读书万卷,所见岂后于贱妾耶?"侯生大呼称善,醉而卧。王将军殊怏怏,因辞去,不复通。未几,侯下第。姬置酒桃叶渡,歌《琵琶词》以送之,曰:"公子才名文藻,雅不减中郎。中郎学不补行,今琵琶所传词固妄,然尝昵董卓,不可掩也。公子豪迈不羁,又失意,此去相就未可期,愿终自爱,毋忘妾所歌《琵琶词》也。妾亦不复歌矣。"侯生去后,而故开府田仰者,以金三百锾,邀姬一见。姬固却之。开府惭且怒,且思有以中伤姬。姬叹曰:"田公宁异阮公乎。吾向之所赞于侯公子者谓何,今乃利其金而赴之,是

妾卖公子矣。"卒不往。(《壮悔堂集》)

姬与归德侯方域善,会以身许域,设誓最苦。誓词今尚存湖海楼箧衍中。又方域与陈处士一小札,曰:"昨域归来,有人倚阑私语,谓足下与域至契。既知此举必在河亭,凝望冀月落星隐,少申宿诺。不意足下诱李君虞作薄幸十郎也。然则一夜彷徨,失却十年相知。罗袖拂衣,又谁信此盛遇乎?域即冒受法太过之嫌,然有意外之逢,此即至诚之想也。足下表章,自是不藏善之美。其实天王明圣,不介而孚。遭遇如此,臣愿毕矣。今日雅集,亟欲过谭。而香姬盛怒足下,谓昨日乘其作主,而私宴十郎,坚不可解。则域虽欲过从,恐与人臣无私交之义,未有当也。"玩此书词,姬生平风调,可以概见。(《妇人集》冒注)

柳如是

柳如是,字某,虞山钱牧斋宗伯爱姬也。慧倩,工词翰。在章台日,色艺冠绝。一时才隽,奔走枇杷花下,车马如云,以一厕扫眉才子列为重。或投竿衔饵,效玉皇书仙之句,纸衔尾属。柳视之,蔑如也。即空吴越,无当意者。独心许虞山,曰:"隆准公即老,当复绝古今,亦一代颠倒英雄手。"而宗伯公亦雅重之,曰:"昔人以游蓬岛,宴桃溪,不如一见温仲圭,可当吾世失此人乎!"遂因缘委币。

既归宗伯,相得欢甚,题花咏柳,殆无虚日。每宗伯句就,遣鬟矜示柳;击钵之顷,蛮笺已至,风追电蹑,未尝肯让地步。或柳句先就,亦走鬟相贻;宗伯毕力尽气,经营惨淡,思压其上,比出相视,亦正得匹敌也。宗伯气骨苍峻,虬姿百尺,柳未能到;柳幽艳秀发,如芙蓉秋水,自然娟娟,宗伯公时亦逊之。于是旗鼓各建闺阁之间,隐若敌国云。宗伯于柳不字,凡有题识,多署柳君。吴中人宠柳之遇,直曰柳夫人。

宗伯生平善逋,晚岁多难,益就窭蹙。嗣君孝廉某,故文弱,乡里豪黠,颇心易之。又衔宗伯墙宇孤峻,结侣伺衅。丙午某月,宗伯公即世。有众骤起,以责逋为口实,噪环宗伯门,搪撞诟谇,极于虓辱。孝廉魂魄丧失,莫知所出。柳夫人于宗伯易箦日,已蓄殉意,至是泫然起曰:"我当之。"好语诸恶少:"尚书宁负若曹金? 即负,固尚书事,无与诸儿女。身在,第少须之。"诸恶少闻柳夫人语,谓得所欲,锋稍戢,然环如故。柳中夜刺血书讼牒,遣急足诣郡邑告难,而自取缕帛结项,死尚书侧。旦日,郡邑得牒,闻柳夫人死,遣隶四出,捕诸恶少,问杀人罪。皆雉窜兔脱,不敢复履界地。构尽得释。孝廉君德而哀之,为用匹礼,与尚书并殡某所。吴人士嘉其志烈,争作诗诔美之,至累帙云。

东海生曰:柳夫人可谓不负虞山矣哉。或谓情之所钟,生怜死捐,缠绵毕命,若连理枝,雉朝飞双,鸳鸯之属,时有之矣。然柳于虞,岂其伦耶。夫七尺腐躯,归于等尽而掷之。当侯嬴以存弱赵,杵臼以立藐孤,秀实以缓奉天之危,纪信以脱荥阳之难,或轻于鸿毛,或重如泰山,各视其所用。柳夫人以尺绢报尚书,纾其身后之祸,可不谓重欤? 所云重用其死者也。夫西陵松柏才矣,未闻择所从;耆卿月仙,齐邱散花女,得所从矣,而节无闻;韩香、幼玉、张红红、罗爱爱之流,节可录矣,又非其人也。千秋香躅,惟张尚书燕子一楼,然红粉成灰,尚在白杨可柱之后。夫玉容黄土之不惜，而愿以从死之名，为地下虑，荒矣！人固不可知。千寻之操，或以一念隳；生平之疵，或以晚节覆。遂志赴义，争乎一决。柳夫人存，不必称；而殁以馨。委蜕如遗，岂不壮哉！（徐芳《藏山集》）

按：柳故吴江名妓徐佛养女，本名杨爱。归虞山后，为易今名。弘光时，牧翁应召，柳从行，至金陵。明亡，牧翁改任清礼部侍郎，因事系狱金陵，在狱中和东坡《御史台寄弟》诗，有"恸哭临江无孝子，徒行赴难有贤妻"，盖谓柳也。

方 芷

方芷，秦淮女校书。有慧眼，能识英雄。名出顿文、沙嫩上。与李贞俪女阿香最洽。阿香却田仰聘，屈意侯公子。一日，方芷过其室，曰："妹侍侯郎，得所托矣。但名士颠倒一时，姜欲得一忠义之士，与共千秋。"阿香哂之。贵筑杨文骢耳其名，命驾过访。方芷浼其画梅。杨纵笔挥洒，顷刻盈幅。方芷大喜，竟与订终身约。时文骢党马、阮，为戟门狎客，士林所不齿。闻方芷许事之，大惋惜。即阿香亦窃笑。定情之夕，方芷正色而前曰："君知姜委身之意乎？"杨曰："不知。"方芷曰："姜见君画梅，花瓣尽作妩媚态，而老干横枝，时露筋骨，知君脂韦随俗，而骨气尚存。姜愿佐君大节，以全末路，故奁具带异宝而来，他日好相赠也。"杨漫应之。

无何，国难作。马、阮尽骈首。侯生携李香远窜去。戎马荆棘，万家震恐。方芷出一缕金箧，从容而进曰："姜曩日许君异宝，今可及时而试矣！"杨发之，中贮草绳数围，约二丈许；旁有物莹然，则半尺长小匕首也。杨愕然，迟疑未决。方芷厉声曰:"男儿留芳遗臭,所争止此一刻。奈何草间偷活,遗儿女子笑哉!"杨亦慷慨而起,引绳欲自缢。方芷曰:"止,止。罪臣何得有冠带?急去之。"杨乃幅巾素服,自缢于窗棂间。方芷视其气绝,鼓掌而笑曰:"平生志愿,今果酬矣!"引匕首刺喉而死。李香闻其事,叹曰:"方姊,儿女而英雄者也,作事不可测如此耶!"乞侯生为作传,未果。而稗官野乘,亦遂无纪其事者。

铎曰:儿女一言,英雄千古。谁谓青楼中无定识哉!咏残棋一著之诗,吾为柳蘼芜惜矣。(《谐铎》)

金嗣芬曰:方芷幸而遇龙友耳。使其遇钱谦益辈,奈之何哉?柳蘼芜真不幸矣。

端 已

端已,字白门,秦淮妓。王次回《寄怀》诗云:"客怀难耐日初长,马影斜阳踏几坊。花下玉杯尝苦笋,灯前银叶试甜香。愁来但祷青溪庙,醉后毋忘紫佩囊。为觅绣鞋金缕样,倒提纤手学南唐。"(《疑雨集》)

柳河东妹绛子

河东归蒙叟后,绛子薄其姊所为,犹居吴江垂虹亭,杜门谢客。质钏独得千余金,构一小园于亭畔,日摊《楞严》《金刚》诸经,归心禅悦,颇有警悟。尝谒灵岩、支硎等山,布袍竹杖,飘飘闲适。视乃姊之迷落于白发翁,不啻天上人间。嘉兴薛素素女士,慕其行,特雇棹担书,访绛子于吴门。相见倾倒,遂相约不嫁男子,以诗文吟答、禅梵诗论为日课。乃同至慧泉,溯大江而上,探匡庐,入峨眉,题诗铜塔,将终隐焉。其后素素背盟,复至槜李。绛子一人居川中,足迹不至城市。河东君数以诗招,终不应。未几卒。著有《云鹡阁小集》行世。《闺秀词》录其《春柳·调寄高阳台·寄爱姊》一阕云:"过雨含愁,因风作态,江南二月春时。少妇登楼,怜他几许相思。流莺处处啼声巧,纤柔条、摇曳丝丝。散黄金,持赠旗亭,劳燕东西。逢人莫便纤腰舞,纵青垂若辈,浊世谁知。张绪风流,灵和情更依依。天涯一霎飞花候,也应嗟、堕溷沾泥。怨东风,吹醒芳魂,吹老芳姿。"盖讽河东君而作也。(《小檀圆室闺秀词续钞》)

邢泪秋

泪秋,南都名妓也。幼育于邢,因冒其姓。年十四五,丰姿秀丽,雾鬓风鬟,艳绝一世。平日喜作淡妆,常服白练衫,顾影自怜。卜居秦淮旧院,后临水榭,垂枣花帘,房栊幽静,清雅绝尘。而性甚冷僻,居恒纵览书史以自遣。纨绔子不乐与交,门前车马亦甚冷落。适马士英柄政,尝微服冶游,易名李公子,遍历勾栏,选色徵歌无虚日,迄少当意者。一日,邂逅泪秋,一见如旧识。泪秋亦以士英瞻视非常,目成心许。士英一掷千金无吝色。历时既久,询知李公子即士英之托名,则大恚。因谓之曰:"今天下事,非君所能了也。君薰心利禄,贪恋台鼎,祸必及之。奈何不早为计?"士英怫然不悦,然以爱泪秋,故不忍遽绝之,但曰:"为宰相,大不易。吾将挟西子泛五湖矣。"泪秋曰:"能如此,亦大佳。妾闻史阁部忠臣也,今督师在外,动辄掣肘。盍以权授之?"士英漫应之曰:"吾行且从卿计。"泪秋意士英能从其言,甚喜,乃归士英。士英既得泪秋,耽玩其色而已，不复理前语。旋复为阮大铖所愚，倒行逆施，无所顾忌。泪秋偶规之，辄作色曰："国家事，岂儿女子所宜预耶！"泪秋犹隐忍之。一夕，士英伸纸作书，泪秋从旁窥之，则绝诗一首。诗云："阳台歌舞妙天下，苏蕙回文奈恨何。若使两人不相妒，也应快杀窦莲波。"泪秋诵毕，默不语。盖是时刘宗周以名儒起，用力攻大铖，并及士英。士英尚有调停之意，故寄之于诗。谓泪秋曰："汝知吾心乎？"泪秋慨然曰："薰莸异器，古人所戒。进贤退不肖，相公之责也。奈何自比懦丈夫，无以自处于妻妾之间耶？"士英曰："子谓不肖者，何人？"泪秋曰："如阮大铖者，相公且为所累。"士英曰："汝又妄言矣！"挥泪秋去。会清兵至，行且渡江。士英知大事不可为，欲图逃遁。泪秋不肯从。或曰自缢死，或曰为女道士以终焉。

金嗣芬曰：右小传见手钞本，纸敝墨渝，残篇断简，稍加排辑，而成此篇。夫人之所遇，亦各有幸不幸耳。泪秋巨眼卓识，视葛嫩、方芷，讵相上下。乃葛、方从孙、杨，慷慨赴义，史册流芳。泪秋遇人不淑，夙愿难偿，终以身殉。彼马瑶草，备位宰辅，隐忍偷生，一薰一莸，岂可同语。视柳麸芜之于钱蒙叟，抑又等而愈下矣。

姜如真

如真，旧院妓。能画兰。溧阳彭爱琴有《旧院行》，为阎再彭题姜姬作。(《本事诗注》)

马晁采

马二娘，字晁采，旧院人。钱牧斋《金陵杂题》云："一夜红笺许定情，十年南部早知名。旧时小院湘帘下，犹记鹦哥唤客声。"

董夜来　白夜来

董夜来,小字月哥,金陵妓。善琵琶,工诗翰,与嫩儿、佟姬,皆名噪一时。施子野尝赠以词,复缄云:"词妙,隽艳无比,直愧剩粉残红,不堪承当耳。已付蒋三哥玉箫度之,一旦夕便新声盈耳矣。今夜恶雨,不敢复望高车。中秋月色定佳,正足下文战凯旋之时也,幸枉过,擎杯听新曲,儿且手拨琵琶以待。"

白小姬,亦名夜来。林云凤赋《相逢行》以赠。(《本事诗》)

朔朝霞

朝霞,金陵妓。有送人诗云:"秋风江上送君舟,落叶江枫总别愁。解缆不知人去远,凭阑犹倚夕阳楼。"

董定姬

董定姬,金陵妓。善歌舞。

马　姝

马姝,金陵妓。善画兰。陈眉公题云:"画兰不在肖,要在笔势游戏。温日观蒲萄,通于书法;文与可竹,得之左氏。此非深于绘事者不能。马郎以闺秀名倡,风流如此,非特校书避席,若操笔入宋院,当作女待诏矣。从秦淮远寄振之,振之宝此,勿与桃李共掷渡头也。因代题一绝云:'画兰不在肖,寄郎郎知否?非无桃李花,贵出侬亲手。'"

马月琴

旧院妓马月琴,能诗,善鼓琴。吴中陆世明访之,口占《点绛唇》赠之,云:"三尺冰弦,夜深弹破青天窍。意中人杳,只有清光到。云雨无缘，总是相思调。愁怀抱，嫦娥心照，诉与他知道。"月琴因求室中春联。陆搦笔书云："半窗花影人初起，一曲桐音月正中。"琴读诵不已，徐言："'中'字恐不如'高'字。"世明欣然易之。(《金陵续琐事》)

卷中　记事

杨玉香冥会

玉香，金陵旧院妓。年十五，艺色超群。喜读书，独居一室。贵游慕之，即千金不肯破颜。闽人林景清以乡贡北上，归过金陵，与玉香姊邵三狎，题诗瑶华馆。玉香偶过，续其韵。景清因介邵三访之，一见交欢，是夕留宿，犹处女也。景清赋定情诗云："十五盈盈窈窕娘，背人灯下卸红妆。春风吹入芙蓉帐，一朵花枝压众芳。"玉香和云："行雨行云侍楚王，从前错怪野鸳鸯。守宫落尽鲜红色，明日低头出洞房。"景清将归闽，调寄《鹧鸪天》留别玉香云："八字娇娥恨不开，阳台今作望夫台。情方好处人相别，潮未平时仆已催。听嘱咐，莫疑猜。蓬台有路去还来。毵毵一树垂丝柳，休傍他家门户栽。"玉香和云："郎是闽南第一流，胸蟠星斗气横秋。新词宛转歌才毕，又逐征鸿下翠楼。开锦缆，上兰舟，见郎欢喜背郎忧。妾心正似长江水，昼夜随郎到福州。"后景清复南游，舟泊白沙，月夜玉香来舟中，欢好如平生。天将曙，忽不见。景清疑惧，至金陵访之，一月前死矣。景清悲恸，是夜独宿馆中，吟诗曰："往事凄凉似梦中，香奁人去玉台空。伤心最是秦淮月，还对深闺烛影红。"徘徊不寐，恍惚见玉香从帐中出，亦吟诗曰：

"天上人间路不通,花钿无主画楼空。从前为雨为云处,总在襄王晓梦中。"景清不觉失声呼之,遂不复见。(《本事诗》注)

莲台新会

王赛玉,金陵妓。金沙曹编修大章立莲台新会,以南曲妓赛玉等十四人,比诸进士榜。一时词客,各狥所知,假手作诗词曲子,以长其声价。黄淳父代赛玉寄沈大元诗云:"去年今日花前别,肠断阳关一曲歌。谁解相思情更苦,思君泪比别君多。"

十四楼

国初于金陵聚宝门外,建轻烟、淡粉、梅妍、柳翠十四楼,以聚四方宾客。观揭孟同诗,可知国初缙绅宴集,皆用官妓,与唐宋不异。后始有禁耳。永乐中晏铎《金陵元夕》诗:"花月春风十四楼。"今诸楼皆废,南市楼当存。(《蓉塘诗话》)

永乐中,蜀人晏振之《金陵春夕》诗云"花月春风十四楼"者,来宾、重译、清江、石城、鹤鸣、醉仙、乐民、集贤、讴歌、鼓腹、轻烟、淡粉、梅妍、柳翠。姜明叔《蓉塘诗话》谓皆在聚宝门外。然中既以清江、石城为名,必不皆在聚宝门矣。周吉甫《金陵琐事》谓有十六楼,在城内者,曰南市、北市;在聚宝门外之西者,曰来宾,在聚宝门外之东者,曰重译;在瓦屑坝者,曰集贤、乐民;在西关中街北者,曰鹤鸣,在西关中街南者,曰醉仙;在西关南街者,曰轻烟、曰淡粉;在西关北街者,曰柳翠,曰梅妍;在石城门外者,曰石城、曰讴歌;在清凉门外者,曰清江、曰鼓腹。所载特详。(《竹垞诗话》)

昆　曲

昆山有魏良辅者,造曲律,世所称昆腔者,自良辅始。而梁伯龙独得其传,著《浣纱传奇》,梨园子弟喜歌之。按梁名辰鱼,亦昆山人。歙县潘之恒,字景升,有《白下逢梁伯龙感旧》云:"一别长干已十年,填词赢得万人传。歌梁旧燕双栖处,不是乌衣亦可怜。"(《本事诗》注)

潘之恒狎游

之恒,字景升。侨寓金陵,留连曲中,与名妓朱泰玉、郑无美游,徵歌度曲。泰玉、无美,即冒伯麟所集,与马湘兰、赵今燕为秦淮四美人者也。景升《西陵逢杨五》诗云:"击楫似邀桃叶渡,看花空忆莫愁湖。"知其狎游,都在台城烟水中矣。

青楼渠帅

陈鹤,字海樵,山阴人。工吴歈越曲、棹欢菱唱,无不尽态极妍。与教坊歌妓赵燕如善。时缀小词,唱诸曲中,作桃花美人行。世目为青楼渠帅云。

《白练裙》杂剧

吴兆,字非熊,休宁人。少警敏,工传奇词曲。万历中游金陵,流连北里,与新城郑应尼作《白练裙》杂剧,讥嘲马湘兰。青楼人皆指目,有樊川轻薄之名。所作《斗草篇》,臧晋叔、曹能始见之,击节称赏。遂流传都下,一时遍写,人皆诵之。(《本事诗》注)

秦淮大会

秀水姚浣,字北若,为姚尚书思仁之孙。英年乐于取友,尽收质库私钱,载酒徵歌,大会复社同盟于秦淮河上,几二千人。聚其文为国门广业。时阮大铖集之填《燕子笺》传奇,行于白门。是日勾队,无有演此者。(《竹垞诗话》)

周勒卣就试金陵

周立勋,字勒卣,华亭人。偕云间陈、夏诸公倡几社。岁己卯,就试金陵。质素清羸,寓伎馆,妓闻贡院欐鼓,促之起,勒卣尚坚卧也。未几遂客死。陈子龙卧子有诗哭之云:"松柏西陵树,菖蒲北里花。春风夜台路,玉勒向谁家。"宋徵舆辕文哭之云:"翠羽明珠拥莫愁,君家顾曲旧风流。一时肠断人何处,风雨萧条燕子楼。"又云:"山阳玉笛异时情,天问灵均意不平。纵使未堪轩冕贵,何妨白发老书生。"数日后,忽梦勒卣至,曰:"君诗固佳,胡不曰'纵使未堪邱壑老,何妨白发困诸生'。"辕文觉而异之,为位于佛祠祭焉。(《竹垞诗话》)

顾华玉晚年寄情丝竹

顾璘,字华玉,号东桥。晚岁家居,文誉籍甚。构息园,治幸舍数十间,以待四方之客。客至如归,命觞染翰,留连浃岁,无倦色。即寸长曲技,必与周旋,款曲意尽而后去。每张宴,必用教坊乐工,以筝琶佐觞。最喜小乐工杨彬,常诧客曰:"蒋南冷诗,所谓'消得杨郎一曲歌'。"(《本事诗》注引钱牧斋语)

周亮工谈秦淮盛事

周栎园先生移家白下,驻节青溪,桃叶烟波,莫愁佳丽,间访殆遍。尝于舟中与胡元润谈秦淮盛事云:"红儿家近古青溪,作意相寻路已迷。渡口桃花新燕语,门前杨柳旧乌啼。画船人过湘帘缓,翠幔歌轻纨扇低。明月欲随流水去,箫声只在板桥西。"读之,几欲作望江南也。(《本事诗》注)

金陵元夕曲纪盛

钱牧斋《金陵元夕诗序》曰:"海宇承平,陪京佳丽,仕宦者夸为仙都,游谈者指为乐土。弘、正之间,顾华玉、王钦佩以文章并埤,陈大声、徐子仁以词曲擅场,才俊歘集,风流弘长。嘉靖中年,朱子价、何元朗为寓公,金在衡、盛仲交为地主,皇甫子循、黄淳父之流为旅人,相与授简分题,徵歌选胜。秦淮一曲,烟水竞其风华;桃叶诸姬,梅柳滋其妍翠。此金陵之始盛也。万历初年,陈宁乡芹解组石城,卜居笛步,置驿邀宾,复修青溪之社。于是在衡、仲交以旧老而莅盟,幼于、百谷以胜流而至止,轩车纷遝,唱和频烦,此金陵之再盛也。其后二十余年,闽人曹学佺能始回翔棘寺,游宴冶城,宾朋过从,名胜延眺。缙绅则臧晋叔、陈德远为眉目,布衣则吴非熊、吴允兆、柳陈父、盛太古为领袖。台城怀古,爰为凭吊之篇,新亭送客,亦有伤离之作,笔墨横飞,篇帙腾涌,此金陵之极盛也。余录元夕诗,为之引其端,以志盛衰之感。"(《钱牧斋集》)

何元朗妙解音律

何良俊,字元朗,华亭人,官南京翰林院孔目。妙解音律,躬自度曲,花前酒边之作,咸中节可听。

元朗早岁入南都,随顾东桥游宴,每宴集,辄用教坊乐,以筝琶侑觞。当康陵南巡日,乐工顿仁随驾至北京,得元人杂剧。元朗妙解音律,令家中小鬟尽传之。有李节者,善筝歌,元朗品为教坊第一。于时名彦,咸赋诗留赠。黄淳父诗云"十四楼中第一声"也。(《竹垞诗话》)

余澹心风流领袖

澹心留寓南中,徵歌选曲,俨如少俊。故梅村赠言有"石子岗头闻奏伎,瓦官阁下看盘马"之句。过江风流,应复推为领袖。

慧月天人品

万历十四年七月，司马汪伯玉先生在焦山延四方僧，天界、云松、栖霞、素庵、从实、瓦棺、振轩、玉轩，主其事者，焦山见源，共二十四众，建水陆无遮道场。有一词客携旧院妓徐翩翩拜佛。伯玉作慧月天人品函。

大士与诸长子会于水晶精舍。仲氏示疾方丈室，季氏偏袒主陀罗尼门，时镜空长者子，朝彻长者子，空藏长者子，参辅大乘而为上首。夏之半，适一莲叶沿江下流，载一天人，翩翩而至。至则屏花鬟而衣缟素，上谒门徒皎灵生、少广天与诸天人等。诸天具诸相，好嗜诸音乐，习诸纷华。皎灵猥以非，夭容观无冶，音乐无所御，纷华无所濡，诚愿一跃波流，直登彼岸。窃闻大士契无上道，演无上乘，用蠲五漏之身，归依无漏。

门徒入白大士，如天人言。大士谓：之人也，畴昔种诸善根，误堕彼趣，一变至道，则其优为。遂命门徒肃之而入。于时绕膝奉足，五体投地，白大士如初言。大士正襟而语天人：善哉，希有诸天乐矣，若夫何求。夫乐为苦，因苦则乐。果欲废诸苦，去乐为先。苦乐无常，皆非真义。苦无所苦，乐无所乐。是则天真脱全，泊乎其真，则天人亦一苦也，众生亦大乐也。火驰轮转，还相循环，此有生之霉缠，大慈之所深悯也。希有愿超彼趣，所谓无碍智者非耶。

尔时天人爇旃檀香，为大士供。大士言：善哉，希有乃燃西域名香。胡然而燃，胡然而烬。然则畴入烬，则畴归其性本然，不涉生灭，不生不灭。何异薪传性空真，臭性臭真空。名曰旃檀，实非旃檀，吾斯无受无不受矣。天人乃筒天衣为大士供,大士言:善哉,希有衣我如是庄严。珠有牟尼,宛然在袖,握之径寸,同吾袖中。希有四铢,亦俱此不忘,长亦不减,有亦不增。累累夜光,珠珠相射,凡我仲季,若诸长者,遍照相同。吾摄是衣,受无所受。此何以故,名其故也,又何以故,同其故也。尔时天人逡巡却步,奉青莲花树、七宝瓶,于是挈瓶而进之,为大士供。大士拈花微笑,向天人言:善哉,希有供我优钵罗花。是出九品上池,其花千叶,叶各趺坐一佛法相。如如其斯,以为妙色身,即圆满报身也。其花或出污泥,瞵然不染,要其高广,置之大海,与大海同,其斯以为千百亿化身也。虽芳馨色泽,曲畅群情,有目者之所习观,有臭者之所习嗅。要之无色而色,无臭而臭,殆不可得而名,其斯以为清净法身也。夫妙色身,则无尽藏也,化身则光明藏也,法身则虚空藏也。揆之正法眼藏,得无尽则光明,得光明则虚空,得虚空则无尽。希有一三身也,三身一希有也。尔无供莲,莲在尔所,无所无非,所是则真如希有。勉矣。

于是天人闻斯义已,泣下沾襟。吾初供师,师导吾入众香界;及吾再供,乃授吾如意珠;三供礼成,乃纳我莲花藏。即慈悲父、天人师,不啻也。于是稽首座下,合掌而说偈言:

金粟下生不二尊　　以居士身而说法
超我有情坠乐趣　　归于无上妙菩提
香云宝盖本来空　　贫子故衣珠自在
愿摄三身入三藏　　默然独立总持门
愿言解脱有漏身　　愿言顿悟无生忍
愿得名号为佛子　　愿得常住化人居

大士闻偈,赞言:善哉,希有乃能发如是心证,如是法是用,锡尔名号,表尔辩才。时不重宣,第为之偈:

皎灵无所著　普照有余师

字尔曰慧月　号尔曰幼慈

天人闻是偈言,引身而退,造陀罗尼门,历方丈室,谒诸长者子,白是义。鱼龙遍涌,瓦砾同宣,四众欢喜,奉行与净名等。(《虞初新志》)

顾横波轶事

《方望溪先生文集》记黄石斋先生轶事一则云,黄岗杜苍略先生客金陵,习明季诸前辈遗事,尝言崇祯某年,余中丞集生与谭友夏结社金陵,适石斋黄公来游,与订交,意颇洽。黄公造次必于礼,从游诸公心向之,而苦其拘也,思试之妓。顾氏,国色也,聪慧通书史,抚节按歌,见者莫不心醉。一日大雨雪,觞黄公于余氏园,使顾氏佐酒。公意色无忤。诸公更劝酬酝,饮大醉,送公卧特室,榻上枕茵各一。使顾氏尽弛袭衣,随键户。诸公伺焉。惊起,索衣不得,自覆荐,而命顾以茵卧。茵厚且狭,不可转,乃使就寝。顾遂昵近公。公徐曰:"无用尔。"侧身向内,息数十转即酣寝。漏下四鼓,转而向外。顾佯寐无觉,而以体傍公。俄顷公酣寝如初。诘旦顾出,具言其状,且曰:"公等为名士,赋诗饮酒行乐而已。为圣为佛,成忠成孝,终归黄公。"庞树柏《龙禅室随笔》云:黄石斋拒顾眉娘一事,人多尚之。黄梨洲亦名儒也,一日在冯氏座上,吴次尾、冯跻仲出一纸,欲拘眉。梨洲引烛烧之,因有句云"一纸风波绛烛烧,祇因曾与共登高"。此老何独多情若此。

顾夫人识局朗拔,尤善画兰蕙,萧散落拓,畦迳独绝,固当是神情所寄。(《妇人集》)

国朝戴璐《藤荫杂钞》云:妙光阁,建自合肥尚书。近见《定山堂集》,乃姬人善持君所作,即所谓横波夫人也。横波夫人仲冬三日生辰,恒于阁下礼诵。横波即善持君,冬月三日生日,皆人所罕知者。

杜茶村先生轶事

卢雅雨《渔洋感旧集》小传案,茶村与周栎园诸名士观灯舫于秦淮,栎园出百金于席上为采,赌鼓吹词。茶村遽起攫之,曰:"鲍叔知我贫也。"就吟席,振笔直书,成长歌一百七十四句。一座为之倾倒。

张竹樵清标云,杜茶村以《灯船鼓吹曲》得名。雅雨山人谓同周栎园诸公观灯秦淮,栎园出百金赌鼓吹词,茶村遽起攫之,即吟席振笔直书,立成长歌一百七十四句,一座倾倒。沈归愚则谓龚合肥尚书续灯船之胜,令客赋诗,茶村歌擅场,合肥夫人以百金赠之。两论不一。予意尚书续灯船鼓吹,栎园出金赌诗,而茶村诗压卷,合肥夫人赠金,此是一时事。而沈诋是歌为颓唐,则大不然。行文尚体要,气格声调次之。茶村扫去依傍,一灯船琐事,而衡其盛,则推江陵之当国;考其衰,则归咎马、阮之柄政。一篇中于理乱兴亡三致意焉,能使读者痛痒无端久之,欷歔太息而不自禁,是谓能见其大。若但讲格律声调,则当时名士优为之,要不足以下铜仙之泪,脱缠臂之金也。予尝题其《灯船歌》后云:"煞尾声传感逝波,南朝往事已销磨。苍凉一掬兴衰泪,迸入渐渐麦秀歌。""河山半壁满斜阳,一载南都事可伤。地老天荒杜陵叟,新词大好继连昌。""何处闻灯不可怜?秦淮丝竹委荒烟。伤心寄语阮司马,惭愧《春灯》《燕子笺》。""丽句新词不可删,当年一字重千环。酒酣唱彻江关赋,便是江南庾子山。""彩笔吟成气若雷,百金直与泼芳醅。白头流落钟山下,只有红妆解爱才。""半生茧足老云岚,十里清淮路未谙。吟罢新诗灯影白,今宵有梦到江南。"(《楚天樵话》)

灯船鼓吹曲(丁亥四月十七日秦淮舟中作)

一声著人如梦中,双槌再下耳乍聋。三下四下管弦沸,灯船鼓声天上至。居然列坐倚船舷,惊指遥看相诧异。鼓声渐逼船渐近,亦解回环左右戏。急攒冷点槌犹涩,春雷坎坎初惊蛰。吹弹节鼓鼓倔强,中有闲声阑不入。吁嗟!此时听鼓止听鸣,谁能打捎声里情,谁能眼底求精妙,乍许胸中见太平。太平久远知者稀,万历年间闻而知。九州富庶舞旌麾,扬州之域尤稀奇。谁致此者帝轩羲,下有江陵张太师。江陵初年执国政,乐事无多庙谟竞。尔时秦淮一条水,伐鼓吹笙犹未盛。江陵此日富强成,圣人宫中奏云门。后来宰相皆福人,普天物力东南倾。豪奢横溢散向水,此水不须重过秦。王家谢家侈纨绮,湖海游人斗词赋。广陵女儿绝可怜,新安金帛谁知数。旧都冠盖例无事,朝与花朝暮酒暮。水嬉不待二月半,炫服新装桃叶渡。高楼夹水对排窗,卷起珠帘人面素。腾腾便有鼓音来,船灯到处游船开。烛龙但恨天难夜,赤凤从教昼不回。皇天此时亦可哀,龟年协律生奇材。善和坊接平康街,弄儿狎客多渠魁。船中百瓮梁溪酒,胆大心雄选锋手。苏州萧管虎邱腔,太仓弦索昆山口。镇江染红制缨络,廿碗珠灯悬一角。当前置鼓大如筐,黄金定铰来淮阳。此声一欢众声集,不独火中闻霹雳。风雨丛中百鸟鸣,旌旗队里将军立。熬波煮火火更燃,积响沉舟舟未湿。可怜如此已快意,未到端阳百分一。记我来时卯与辰,其时海内久风尘。石榴花发照溪津,友生置酒宴我宾。下船稍迟渡口塞,踏人肩背人怒嗔。灯火鼓吹河中遍,衔尾盘旋成一串。蔽亏果觉星河覆,演弄早使鱼龙颤。众人汹汹我静赏,初奏新声差可辨。须臾光响相纠结,惟闻森森沉沉直上翻云汉。东船西舫更交加,下视何由睹寸澜。偶然闪倏秀水处,如金在镕风掣电。楼楼堂客船船妓,近不闻声远察面。呜呼!此时灯船更难动。但坐饱食挥槌鼓,调丝按孔相凌乱。侯家别携清商部,那得于中闻唱叹。复有劣鼓与劣吹,就中藏拙谁能见。爆竹声低烟雾浓,暂借香风解沾汗。露零雨下不能退,乐极生悲真可厌。酒醒忽迷此何地,魂销略记伊堪恋。直至明早日亭午,舡松却退人相羡。归来沉眠须竟日,流莺啼破河阳战。此后游人数日稀,清淮十里桃花片。记得座中客,能说王稺登。稺登挝鼓湘兰舞,赏音击节屠长卿。后来好事潘景升,晚节犹数茅止生。绝艺于今谁作主?李小大歌张卯舞。当时惆怅说于今,忍见于今又谁古。年复年来事可叹,灯船伐鼓鼓不欢。辛壬之际大饥疫,惟见凤陵烽火照见秦淮白骨成青滩。桃叶何须悲寂寞,天子孤立在长安。吾闻是时宰相薛复周,黄金至厚封疆仇。公卿济济咸一德,坐令战鼓逼龙楼。甲申三月鼓遂破,断管残丝复谁和。半闲堂里起笙歌,平章府上称朝贺。试问当时雷海青,阶下池头还几个？新剧惟传《燕子笺》,杀人有暇上游船。行人何必近前听,荼毒鼓中无性命。同时阿谁使畜尔？惟有刘黄高左五侯耳。君不见师延靡靡濮上水,未若玉树后庭美。赏音何人丞相嚭,相对掀髯复切齿。一拨弦中半壁亡,一棒鼓中万人死。鼓急弦惊曲不长,两年歇绝随渔阳。有客徒怜桥下水,无人不断渡边肠。及此相看真分外,何许藏舟一舟在。拂尘杆泼初光辉,奋槌扬袖蓝缕衣。不灯漫乘夕波出,无伴从知何处归。争新夸奇各有故,君看西风桃李枝。西风一枝称众异,东风万树空尔为。入耳悲欢难具说,醉里分明寸心热。呜呼！汉代金仙唐舞马,此事千年无有者。兴亡不入心手间,然后声音如雨下。探汤挝鼓蒺藜刺,应有心肝碍胸次。余音漠漠搅飞絮,灯船灯船过桥去。过桥去,伤鼓声,长歌短歌歌当成。陇西李贺抽身死,举杯相属樊川生。此生流落江南久,曾记当时煞尾声。(《变雅堂诗集》)

柳如是轶事

吴江盛泽镇,有名妓曰徐佛,善画兰,能琴。四方名流,联镳过访。其养女曰杨爱,色美于徐,而绮淡雅静,亦复过之。崇祯丙子春,娄东有张庶常溥告假归。溥固复社主盟,名噪海内者,过吴江,舣舟垂虹亭,访佛于盛泽之归家院。值佛他适,爱出迎。溥一见倾意,缱绻而别。爱自是窃自负,誓择博学好古为旷代逸才者从之。闻虞山有钱谦益学士,实为当今李杜,欲一见其丰裁,乃驾扁舟来虞,为士人装,坐肩舆,造钱投谒,易杨以柳,易爱以是。刺入,钱辞以他往,盖目之为俗士也。柳于诗内微露色相。牧翁得其诗,大惊,诘阍者曰:"昨投刺

129

者,士人乎?"阍者曰:"士人也。"牧翁愈疑,急登舆访柳于舟中,则嫣然一美姝也。因出其七言近体就正,钱心赏焉;视其书法,得虞、褚两家遗意,又心赏焉。相与絮语终日,临别,钱语柳曰:"此后即柳姓、是名相往复。吾且字子以如是,为今日证盟。"柳诺。此钱、柳作合之始也。

柳尝之松江,以刺投陈卧子。陈性严厉,且视其名帖自称女弟子,意滋不悦,遂不之答。柳恚,登门詈陈曰:"风尘中不辨物色,何足为天下名士!"洎遇牧翁,乃昌言曰:"天下惟虞山钱学士始可言才,我非才如学士者不嫁。"钱闻之,大喜曰:"天下有怜才如此女者乎?我亦非如柳者不娶。"时牧翁适丧偶,因仿元稹《会真诗》体,作"有美生南国"百韵以贻之。藻词丽句,穷极工巧,遂作金屋贮阿娇想矣。庚辰冬月,柳归于钱。牧翁筑一室居之,颜其室曰"我闻",取《金经》"如是我闻"之义,以合柳字也。除夜促膝围炉,相与钱岁。柳有《春日我闻室之作》诗曰:"裁红晕碧泪漫漫,南国春来已薄寒。此去柳花如梦里,向来烟月是愁端。画堂消息何人晓,翠幕容颜独自看。珍重君家兰桂室,东风取次一凭栏。"盖就新去故,练裙之恨方新,解佩之情愈切。

辛巳初夏,牧翁以柳才色无双,小星不足以相辱,乃行结缡于芙蓉舫中。箫鼓遏云,兰麝袭岸,齐牢合卺,九十其仪。于是琴川绅士沸焉腾议,至有轻薄子掷砖彩鹢,投砾香车者。牧翁吮毫濡墨,笑对镜台,赋催妆诗自若,称之曰河东君。家人称之曰柳夫人。

当丁丑之狱,牧翁侘傺失志,遂绝意时事。既得章台,欣然有终老温柔乡之愿。然年已六十矣。黝颜鲐背，发已皤然。柳则盛鬒堆鸦，凝脂竟体。燕尔之夕，钱戏谓柳曰："吾甚爱卿发黑肤白也。"柳亦戏钱曰："吾甚爱君发如妾之肤、肤如妾之发也。"因作诗有"风前柳欲窥青眼，雪里山应想白头"之句。牧翁于虞山北麓，构楼五楹，匾曰"绛云"，取《真诰》"绛云仙老下降，仙人好楼居"以况柳，以媚柳也。牙签万轴，充牣其中，置绣帷琼榻，与柳日夕晤对。钱集中所云"争光石鼎联名句，薄暮银烟算劫棋"，盖纪实也。

国朝录用前朝耆旧，牧翁赴召，旋忤吏议放还。由此益专意吟咏。河东君侍左右，好读书，以资放诞。客有挟著述愿登龙门者，杂沓而至，几无虚日。钱或倦见客，柳即与酬应，时或貂冠锦靴，时或羽衣霞帔，清辨泉流，雄谈蜂起。座客为之倾倒。客当答拜者，则肩筍舆，随女奴，代主人过访于逆旅。即事拈题，共相唱和，竟日盘桓，牧翁殊不芥蒂。尝曰："此我高弟，亦良记室也。"戏称为柳儒士。

庚寅，绛云灾。钱移居于红豆山庄。其村有红豆一株，故名。良辰胜节，钱偕柳移舟湖山住处。其《中秋日携内出游》诗曰："绿浪红阑不殢愁，参差高阁蔽城楼。莺花无恙三春侣，虾菜居然万里舟。照水蜻蜓依鬓影，窥帘蝴蝶上钗头。相看可似嫦娥好，白月分明浸碧流。"柳依韵和曰："秋水春波淡暮愁，船窗笑语近红楼。多情落日依兰棹，无藉浮云傍彩舟。月晃歌阑寻麈尾，风床书乱觅搔头。五湖烟水常如此，愿逐鸱夷泛急流。"其余篇什，多附见牧翁《有学集》。

乙酉五月之变，柳夫人劝牧翁曰："是宜取义全大节，以副盛名。"牧翁有难色。柳奋身欲沉池水中,持之不得入。其时长洲沈明伦馆于牧斋家,其亲见,归说如此。后牧翁偕柳游拂水山庄,见石涧流泉,清洁可爱,牧翁欲濯足其中,而不胜前却。柳笑而戏语曰:"此沟渠水,岂秦淮河耶?"牧翁有恶容。

弘光僭立,牧翁应诏,柳夫人从之。道出丹阳,同车携手,或令柳策蹇驴,而己随之,私语柳曰:"此一幅昭君出塞图也。"邑中遂传钱令柳扮昭君妆,炫煌道路。吁,众口固可畏也。

柳夫人生一女,嫁无锡赵编修玉森之子。柳以爱女故,招婿至虞,同居于红豆村。后柳殁,其婿携柳小照至锡。赵之姻戚咸得式瞻焉。其容瘦小,而意态幽娴,丰神秀媚,帧幅间几呼之欲活矣。坐一榻,一手倚几,一手执编。牙签标轴,浮积几榻。自跋数语于幅端,知写照时,适牧翁选列朝诗,其中闺秀一集,柳为勘定。故即景写图也。(以上见《绛云楼俊遇》)

人目河东君风流放诞,是永丰坊中物。(《妇人集》)

河东君,姓柳,名是,字如是。钱牧斋尚书姬人。尚书筑我闻室以居之。尝于鸳湖中作百韵诗以赠柳,中有云:"河东夸世族,天上问星躔。汉殿三眠贵,吴宫万缕连。瑶光朝孕碧,玉气夜生元。"又云:"纤腰宜鞠蹴,弱骨称秋千。天为投壶笑,人从争博癫。"又云:"凝明嗔亦好,溶漾坐生怜。薄病如中酒,轻寒未拆绵。清愁长约略,微笑与迁延。"君之恩情与才艺可见矣。(《妇人集》冒注)

柳夫人遗嘱

汝父死后,先是某某,并无起头,竟来面前大骂。某某还道我有银,差遵王来逼迫。遵王、某某,皆是汝父极亲切之人,竟是如此诈我。钱天章犯罪，是我劝汝父一力救出，今反先串张国贤，骗去官银、官契，献于某某。当时原云诸事消释，谁知又逼汝兄之田，献于某某；赖我银子，反开虚帐，来逼我命。无一人念及汝父者。家人尽皆捉去，汝年纪幼小，不知我之苦处。手无三两，立索三千金，逼得汝与官人进退无门。可痛可恨也！我想汝兄妹二人，必然性命不保。我来汝家二十五年，从不曾受人之气。今竟当面凌辱，我不得不死。但我死之后，汝事兄嫂，如事父母。我之冤仇，汝当同哥哥出头露面，拜求汝父相知。我诉阴司，汝父决不轻放一人。垂绝，书示小姐。（《钱氏家变录》）

　　按：书中威逼主使"某某"，为钱朝鼎，仕本朝，官御史，引疾家居。"汝兄"者，钱汝馅也。"官人"指赵管，为小姐夫婿，无锡赵编修玉森之子。小姐，柳夫人出，以顺治戊子生；辛丑赘婿赵管，年仅十四；遇变之年为甲辰，才十七岁。故夫人书中有"年纪幼小"之语也。

　　又按：徐芳为夫人作小传云：归虞山翁时，年二十四。今夫人自云"来汝家二十五年"，是夫人得年为四十九也。

　　又按：《牧斋文钞》有《钱遵王诗序》，《初学》《有学》集均有遵王唱和诗，《钱笺杜诗》亦有"分校"字样。不料牧翁死后，竟忘恩负义如此。宜归元恭之骂其真狗彘不食其余者也。

　　董小宛轶事

　　己卯初夏，应试白门，晤密之，云："秦淮佳丽，近有双成，年甚绮，才色为一时之冠。"余访之，则以厌薄纷华，挈家去金阊矣。嗣下第，游吴门，屡访之半塘。时逗留洞庭不返。名与姬颉颃者,有沙九畹、杨漪照,予日游两生间,独咫尺不见姬。将归棹,重往,冀一见。姬母秀且贤,劳余曰:"君数来矣。予女幸在舍,薄醉未醒。然稍停复他去。"从兔径扶姬于曲栏,与余晤。面晕浅春,缬眼流视,香姿玉色,神韵天然,懒嫚不交一语。余惊爱之,惜其倦,遂别归。此良晤之始也。时姬年十六。

秦淮中秋日,四方同社诸友,感姬为余不辞盗贼风波之险,间关相从,因置酒桃叶水阁。时在座为眉楼顾夫人,寒秀斋李夫人,皆与姬为至戚。美其属余,咸来相庆。是日新演《燕子笺》,曲尽情艳,至霍、华离合处,姬泣下,顾、李亦泣下。一时才子佳人,楼台烟水,新声明月,俱足千古。至今思之,不异游仙枕上梦幻也。

余数年来,欲裒集四唐诗,购全集,类逸事,集众评,列人与年为次第,每集细加评阅,广搜遗失,成一代大观。初、盛稍有次第,中、晚有名无集,有集不全,并名集俱未见者甚夥。(中略)以此经营搜索,殊费工力。然每得一帙,必细加丹黄。他书中有涉此集者,皆录首简,付姬收贮。至编年、论人,准之《唐书》。姬终日佐余,稽查抄写,细心商订。永日终夜,相对忘言,阅诗无所不解,而又出慧解以解之。尤好熟读楚辞、少陵、义山、王建、花蕊夫人、王珪、三家宫词。等身之书,周回座右,午夜衾枕间,犹拥数十家唐诗而卧。今秘阁尘封,余不忍启。谁克与终,付之一叹而已。犹忆前岁读东汉,至陈仲举、范滂诸传,为之抚几。姬一一求解其始末,发不平之色,而妙出持平之议,堪作一则史论。

乙酉客盐官,尝向诸友借书读之。凡有奇僻,命姬手钞。

姬于事涉闺阁者,则另录一帙。归来,与姬遍搜诸书,续成之,名曰《奁艳》。(中略)客春,顾夫人远向姬借阅此书,与龚奉常极赞其妙,促绣梓之。余即当忍痛,为之校雠鸠工,以终姬志焉。

姬初入吾家,见董文敏为余书《月赋》,仿钟繇笔意者,酷爱临摹。嗣觅钟太傅诸帖学之。阅戎略表,称关帝君为贼将,遂废钟。学曹娥碑,日写数千字。

姬于吴门曾学画,未成,能作小丛寒树,笔墨楚楚。时于几砚上,辄自写图。故于古今绘事,别有殊好。偶得长卷小轴,与笥中旧珍,时时展玩不置。流离时,宁委奁具,而以书画捆载自随。

姬最爱月,每以身随升沉为去住。夏纳凉小苑,与幼儿诵唐人咏月及流萤、纨扇。半榻小几辄屡移,以领月之四面。午夜归阁,仍推窗延月于枕簟间。月去后,卷幔倚窗而坐,语余曰:"书谢希逸《月赋》,古人厌晨欢,乐宵宴。盖夜之时逸,月之气静,碧海青天,霜缟冰素,较赤日红尘,迥隔仙凡。人生攘攘,至夜不休。或有月未出已鼾睡者,桂华露影,无福消受。与子长历四序,娟秀浣洁,领略幽香,仙路禅关,于此静得矣。"

李长吉诗云月:"漉漉波烟玉。"姬每诵此三字,则反覆回环,曰月之精神,气韵光景,尽于斯矣。人以身入"波烟玉"世界之下,眼如横波,气如湘烟,体如白玉。人如月矣,月复似人。是一是二,觉李青莲"对影成三"之语尚赘。至"淫耽无厌化蟾蜍"之句,则得玩月三昧矣。

余每岁元旦,必以一岁事,卜一签于关帝君前。壬午名心甚剧,祷看签首,第一字有得"忆"字,盖"忆昔兰房分半钗,如今忽把音信乖。痴心指望成连理,到底谁知事不谐"。余时占玩,不解,即占全词,亦非功名语。比遇姬,清和晦日,金山别去。姬茹素归,虔卜于虎邱关帝君前,愿以终身事余,正得此签。秋过秦淮,述以告,恐有不谐之叹。余闻而讶之,谓与元旦签合。时友人在坐,曰:"吾当为尔二人合卜于西华门。"则仍此签也。姬愈疑惧,且虑余见此签中懈,忧形于面。乃后卒满其愿。兰房半钗,痴心连理,皆天然闺阁中语,到底不谐,则今日验矣。嗟乎,余有生之年,皆长相忆之年也!"忆"字之奇验如此。

客春三月,欲长去盐官,访患难相恤诸友。至邗上,为同社所淹。时余正四十,诸名流咸为赋诗。龚奉常独谱姬始末,成数千言,帝京篇、连昌宫不足比拟。奉常云:"子不自注,则余苦心不见。如'桃花瘦尽春醒面'七字,绾合己卯醉晤、壬午病晤两番光景,谁则知者。"余时应之。他如园次之"自昔文人称孝子,果然名士悦倾城",于皇之"大妇同行小妇尾",孝威之"人在树间殊有意,归来花下却能文",心甫之"珊瑚架笔香印靥,著富名士金屋尊",仙期之"锦瑟娥眉随分老,芙蓉园上万花红",仲谋之"君今四十能高举,羡尔鸿妻佐春杵",吾邑徂徕先生"韬藏经济一巢朴,游戏莺花两阁和",元旦之"蛾眉问难佐书帏",皆为余庆得姬。讵谓我侑卮之词,乃姬誓墓之状耶!读余此杂述,当知诸公之诗之妙。而去春不注奉常诗,盖迟至今日,当以血泪和麋蠡也。(以上节录《影梅庵忆语》)

嘲马湘兰

相传湘兰足稍长。江都陆无从戏以诗曰:"杏花屋角响

春鸠,沉水香残懒下楼。剪得石榴新样子,不教人见玉双钩。"谑而不虐,盖不失风人之旨。(《巽庵丛话》)

金陵十二钗

赵彩姬,字今燕,名冠北里。时曲中有刘、董、罗、葛、段、赵、何、蒋、王、杨、马、褚,先后齐名,所称"十二钗"也。

此殆俗传小说中"金陵十二钗"之所本欤。(《静志居诗话》)

《绣襦记》为金陵妓院作

郑君庸,字中伯,妙擅乐府,尝填玉玦词以讪妓院。一时白门杨柳无系马者。群妓患之,乃醵金数百,行薛生近党作《绣襦记》以雪之。秦淮花月,顿复旧观。(《静志居诗话》)

《双金榜》、《牟尼合》、《狮子赚》

阮大铖所著《燕子笺》、《春灯迷》外,尚有《双金榜》、《牟尼合》、《狮子赚》等名,见《韵石斋笔谈》及《池北偶谈》。今皆不传。

寇白门轶事

白门妓寇眉,故宁侯曾购以千金宠之。侯被俘北行,鸾婢妾从旗谋赂。鱼贯逮寇,寇曰:"予安从旗矣!且鬻予数百金耳,请得归。"归则丐侯故人子,得千金。未足,重为妓继之。侯由是免。张苟仲先生曰:"寇非无知者,语及侯家事,辄怆哭。"王双白曰:"江以南,遥情似寇亦罕。"(毛西河《寄寇白门诗序》)

卷 下 记言

沈嫩儿:与施子野书

嫩儿,金陵妓,善歌《花影集》小序:嫩儿从人时,尝以小缄寄余。其不忘故人,封完旧物,情深义决,真可云侠。书云:

清江一别，遂隔岁年。江南渭北，人远心近。谁言云水萍花，恐非个中人语也。别后浪游金焦间，会有宿约风，便当沾泥矣。但古诗有云：'生憎宝带桥头水，半入吴江半太湖。'正不知谁浅谁深。春天雨枕，秋夜风帏，孤灯残梦，此岂重门深锁所能限也。悠悠此情，未知何极。春罗一段，聊证相思。向宝之秘之，古锦袭之，只令渠见泪痕耳，未尝轻出示人。虽然，今日之事，情不可割，义不可留。谨系同心，仍送左右，岂忍等秋云哉！但使足下谓儿为薄幸人，以歧路视之，此心花稍开，眉结稍熨，则委骨穷尘所甘心矣。时移事改，生死离隔，封缄尽湿。千万珍重，远大为期。腻粉柔香，不堪丈夫在意。（《古今闺媛尺牍》）

马湘兰：与王伯谷往来书札

湘兰寄书云：

别后，妾顷刻在怀，即寤寐未忘知己。遥忆故人，再续旧好。恨天各一方，中心郁结，不能朝夕继见，联枕论心，又复秋水盈窗，寒虫破梦，此景此情，真妾销魂时也。何日见君，了却相思冤债，作人世未有之欢乎！长江险堑，莫能飞渡。八行相讯，神与俱驰。（《静志居诗话》）

伯谷与湘兰书数篇。其一：

二十七日发秦淮，残月在马首，思君尚未离巫峡也。夜宿长巷，闻雨声且起不休。舆夫泥没骭，良苦。见道傍雨中花，仿佛湘娥面上啼痕耳。陆先生大有侠骨，遂以君属之，必能出君于险。幸勿过自摧残，使王生乞茅山道士药，恐无益千金躯。千万自爱！（《谋野集删》）

其二：

吴山如黛，望借红袖拂白云，令山灵色喜。乃车音杳然，恋恋与黄口儿燕婉，不赍讯红拂诸人哉。雨寒岁暮，才一相思，便增白发。

其三：

仆且行矣。恐君凄然，不敢握手。松间一榻，春以为期。行云东来，无负然诺。长安东门别，立马生白发。才吟此篇，泪痕在袖。

其四：

湘君鬐而侠，举天下无足当君者。独昵昵一老王生，何也？王生支离臃肿，向风则僵。不记月下，君为簪茉莉，鬐乃小于花，揶揄不已。然则奚取于仆？以仆有心，如王家古押衙，千牛家昆仑乎？仆已作劣头陀相，何敢复谈少年伎俩。君亦方将魂梦恼襄王，安所事此。丹阳道上，尘高于马首，矢与吴大帝陵齐。有湘君画兰在握，便觉清风飒然，不知行旅之困。还家送儿子都试，极苍忙作此纸，帘帏送纳。昔贺怀弹琵琶，太真妃子飘巾微拂之，龙脑之气经年不减。今仆坐此车，五体皆香矣。（《闺墨萃珍》）

湘兰书画零拾

世传湘兰诗，有《自君之出矣》一章，云："自君之出矣，不共举琼卮。酒是消愁物，能消几个时？"读之令人销魂。马湘兰双钩墨兰立轴，傍作篆竹瘦石，气韵绝佳，题云："翠影拂湘江，清芬浊幽谷。壬申清和月，写于秦淮水阁。湘兰子马守真。"又双钩墨兰小轴，题云："幽兰坐空谷，无人自含芬。欲

寄同心者,悠悠江水长。丙申春月,湘兰守真子。"二轴今藏予友广陵马半槎斋中。(《玉台斋史》)

李香君:在南都后宫私寄侯公子书

落花无主,妾所深悲。飞絮依人,妾所深耻。自君远赴汴梁,屈指流光,梅开二度矣。日与母氏相依,未下胡梯一步。方冀重来崔护,人面相逢,前度刘郎,天台再到;而乃音乖黄犬,卜残灯畔,金钱信杳,青鸾盼断。天边明月已焉哉,悲莫悲兮生别离。妾之处境,亦如李后主所云,终日以眼泪洗面而已。比闻燕京戒严,君后下殿。龙友偶来过访,妾探询音耗,渠惟望北涕零,哽无一语。呜呼,花残月缺,望夫方深化石之嗟;地坼天崩,神州忽抱陆沉之痛。由甲申迄乙酉,此数月中,烽烟蔽日,鼙鼓震空。南都君臣,遭此奇变,意必存包胥哭楚之心,子房复仇之志,卧薪尝胆,敌忾同仇。不谓正位以后,马入阁,阮巡江,虎狼杂进,猫鼠同眠。翻三朝之旧案,党祸重兴;投一纲于诸贤,蔓抄殆遍。而妾以却食凤恨,几蹈飞灾。所幸龙友一力斡旋,方免钦提勘问,然犹逼充乐部,供奉掖廷。奏新声于玉树,春风歌燕子之笺;叶雅调于牙琴,夜月谱春灯之曲。嗟嗟,天子无愁,相臣有度。此妾言之伤心,而公子闻之疾首者也。虽然,我躬不阅,遑恤其他。睹星河之耿耿,永巷如年;听钟鼓之迟迟,良宵未曙。花真独活,何时再斗芳菲;草是寄生,惟有相依形影。乃有苏髯幼弟,柳老疏宗,同为菊部之俦,共隶梨园之队,哀妾无告,悯妾可怜,愿传红叶之书,慨作黄衫之客。佳人虽属沙吒利,义士今逢古押衙。患难知己,妾真感激涕零矣。远望中州,神飞左右。未裁素纸,若有千言;及拂红笺,竟无一字。回转柔肠,寸寸欲折。附寄素扇、香囊并玉玦、金钿各一。吁,桃花艳褪,血痕岂化胭脂;豆蔻香销,手泽尚含兰麝。妾之志固如玉玦,未卜公子之志,能似金钿否也。弘光二月,香君手识。(《闺墨萃珍》)

徐翩翩书扇

皇甫古尊在金陵市上,得金字扇一柄,乃前朝名妓徐翩翩所书,尾署"金陵荡子妇某"。古尊甚喜,索题于厉太鸿先生,得《卖花声》一阕云:"花月秣陵秋,十四妆楼,青溪回抱板桥头。旧日徐娘无觅处,芳草生愁。金粉一时休,团扇谁留?殢人祇有小银钩。句尾可怜书荡妇,似诉漂流。"(《随园诗话》)

朔朝霞送人诗

秋风江上送君舟,落叶江枫总别愁。解缆不知人去处,凭栏犹倚夕阳楼。(《列朝诗集闰四》)

朱斗儿送人诗

扬子江头送玉郎,柳丝牵挽柳条长。柳丝挽得行人住,多向江头种两行。

郑妥娘遗诗

读钱虞山《金陵杂题》:"旧曲新诗压教坊,缕衣垂白感湖湘。闲开闺集教孙女,身是前朝郑妥娘。"即知妥娘之能诗矣。然传者绝罕。余所见者,仅《雨中送期莲生》云:"执手难分处,前朝问板桥。愁从风里长,魂向别时销。客路云兼树,妆楼暮与朝。心旌谁复定,幽梦任摇摇。"《春日寄怀》云:"月露西轩夜色阑,孤衾不耐五更寒。君情莫作花稍露,才对朝曦湿便干。""沉沉无语意如痴,春到窗前竟不知。忽见寒梅香欲

裰，一枝犹忆寄相思。"清辞丽句，置之柳夫人集中，亦无能辨其真伪矣。(《龙禅室随笔》)

吴闻玮：送叶学山之秣陵，寄询杨校书妍

把酒今朝一送君，秣陵忆别廿年人。秋风长板桥头月，犹是秦淮渡口春。

孤客江干八月潮，绮窗曾记话无聊。轻纨画箑丛兰小，遮遍春风武定桥。

萧萧两鬓已如霜，俯仰情深解断肠。碧水红栏今在否？当年花月大功坊。

闻歌引，题画新柳，赠叟徐四

元词旧数窥青眼，时曲新翻歌渐罕。闲中著意教人难，声外加工听自懒。曾传点拍粗解听，江城闻罢空惺惺。似禁楚女腰肢瘦，如见萧郎眉眼青。悠扬逐梦风前缕，撷落飞花水上萍。别来无处向人道，年少儿郎自矜好。倡楼社里人已非，(吴北海、黄问琴)相国园中客俱老。白头最是可怜人，濯濯新图为谁扫。沉吟理曲忽沾缨，忆著风流被君恼。邗江旧侣来月明，重向红楼歌一声。何处老翁能此曲，霜天烛下啼新莺。唪声自觉无横笛，放指还疑有凤笙。渭曲灞陵浑在眼，暮雨斜阳阴复晴。迷楼一望无穷处，端倚愁中却尽生。(《程嘉燧集》)

酬别苗五美人二十韵

羁客行将尽，归心看柳条。残枝今欲折，解缆是明朝。卷幔牵风翠，收琴应落潮。昔逢离宴数，曾负酒船邀。一自移西阁，相过只北桥。石城斜对户，桃叶仅容舠。婿美原名岳，娘家旧姓萧。初疑兼倚玉，渐许木投桃。浪迹真逾合，幽悰淡若调。扶头移短晷,连臂踏深宵。厄屈编从诉,阄藏令莫嚣。指香杯底渡,花艳烛前摇。画扇怜蝇小,书裙爱蝶娇。弦清霜欲澈,镜莹月难消。憨袖迎全弹,妆眉懒半描。吭圆容妾顾,腕弱胜郎佻。历历偕新赏,惝惝亮久要。事过心共折,情在梦无聊。合赠烦纤手,分题减尽腰。景窥长至逼,乐记小春饶。舞榭山云剩,离帆浦雪遥。吴洲重见月,立阁正寥寥。(《程松圆诗集》)

顾黄公:楚宫老妓行 <small>南京乐籍蓝七娘,善秋千、蹴鞠。入楚宫。乱后为尼</small>

白头缁衲谁家侣,身似虚舟眼如雾。自言十五学新声,名在宜春内部人。初随阿母长干里,转入金沙州里住。门前车马隘阓阛,席上缠头不知数。章华骄贵世应稀,徵歌度曲辨音徽。龙楼宴月香成阵,风扇遮风肉作围。曾逐行宫同象辂,不嫌花底夺鸾篦。鸳鸯瓦暗流萤度,翡翠帘深络纬啼。年年恩例官铺后,善后门外饶花柳。东肆郭郎西肆歌,社北厨娘社南酒。半仙小女斗腰肢,齐云儿郎好身手。王舍空门乍改移,平台戚里今何有。乍来岂识婆罗门,梦中只记君王后。初时夏腊尚红颜,几度春秋成老丑。君不见古来祎翟椒房等,几多失势为桑门。柔福当年死沙漠,妖尼诈作平王孙。家亡国破有如此,妪乎妪乎何足论。莫到玉钩斜下路,天阴新鬼哭黄昏。(《顾景星集》)

毛驰黄:赠王采生诗

昨日非今日,新年是旧年。迷人春半草,相望隔江烟。鸭卧香炉暖,蜂憎绣幕垂。何当寒食雨,著意湿花枝。吴绡吹

梦薄，楚簟压娇多。宿髻蓬松处，谁教唤奈何。柳汁匀晨黛，桃脂助晚妆。谁怜薄命妾，不负有心郎。（《毛驰黄集》）

毛西河：寄寇白门

莫愁艇子载琵琶，漫向青溪摘藕花。旧日侯门君记否？广平城下召平家。（《毛西河集》）

毛西河：江南杂诗四首

十里秦淮水，曾经送泰娘。红船停浅濑，画阁覆垂杨。

聚宝门前路，长干寺外桥。市帘斜挂处，山叶下萧萧。

幕府重开后，江亭饮眺还。路人争堕泪，一望蒋家山。

何处重相忆，青溪小妹家。种将乌臼树，噪杀白门鸦。（同上）

毛西河：题顾眉生校书画兰册子

莫愁湖畔绿云鬟，手碾香螺画远山。撷得洞庭花数本，好留情影在人间。

一幅生绡金错裁，幽兰写出仲姬才。儿家自有千花谱，不借黄荃粉本来。（同上）

顾眉生题画兰

九畹丛生浅碧纹，画来香气尚氤氲。只愁几片兰苏带，难系三条杏子裙。

顾黄公：阅梅村《王郎曲》，杂书绝句志感

昆山腔管三弦鼓，谁唱新翻赤凤儿？说著苏州王紫稼，教坊红粉泪偷垂。（王郎为江南御史杖杀）

广柳纷纷去盛京，一声呜咽倍伤情。行人怕听阳关曲，先拍冰鞍马上行。（郎送出塞诸君，歌甫发声，众不忍听，争上马而去）

永丰坊内绿杨枝，曾弄春风上玉墀。旧日承恩成底事，江南几度落花时。（郎尝言在江南时，从太监韩赞周，以一曲供奉）

日永吴趋哢乳莺，翠钗娇艳不胜情。寻常宾客谁惊座？不是王郎即柳生。（敬亭柳老，义侠士也，善评书）

柳生冻饿王郎死，话到勾栏亦怆情。好把琵琶付盲妇，裹头弹说旧西京。

西京旧日知名者，籍隶中山供奉臣。一自龟年零落后，歧王第宅属何人？（李小大善歌）

梦到江南胜返魂，紫驼人去塞垣昏。金陵盛日犹堪访，风雪初归寇白门。

玉笙正要松风奏，垂老关情到此曹。不为管弦头白后，只难重听郁轮袍。

十错新声解得无，传从皖水到留都。后来事事都成错，错认当年阮佃夫。

永和宫怨洛阳行，手语矜能卞玉京。劝君莫羡元和妓，不是元和肠断声。（《顾景星集》）

吴梅村：题冒辟疆名姬董白小像，并引

夫笛步丽人，出卖珠之女弟；雄皋公子，类侧帽之参军。名士倾城，相逢未嫁，人谐嬿婉，时遇漂摇。则有白下权家，芜城乱帅，阮佃夫刊章置狱，高无赖争地称兵。奔迸流离，缠绵疾苦，支持药裹，慰劳羁愁。苟君家免乎，勿复相顾；宁吾身死耳，遑恤其劳。已矢凤心，终焉薄命，名留琬琰，迹寄丹青。呜呼，针神绣罢，写春蚓于乌丝，荼癖香来，滴秋花之红露。在轶事之流传若此，奈余哀之怆恻如何。镜掩鸾空，弦摧雁冷，因君长恨，发我短歌。诗云：

射雉山头一笑年，相思千里草芊芊。偷将乐府窥名姓，亲击云璈第几仙。珍珠无价玉无瑕，小字贪看问姿家。寻到白堤呼出见，月明残雪映梅花。钿毂春郊斗画裙，卷帘都道不如君。白门移得丝丝柳，黄海归来步步云。京江话旧木兰舟，忆得郎来系紫骝。残酒未醒惊睡起，曲栏无语笑凝眸。青丝濯濯额黄悬，巧样新妆恰自然。入手三盘几梳掠，更携明月出荷前。念家山破定风波，郎按新词妾唱歌。恨杀南朝阮司马，累侬夫婿病愁多。乱梳云髻下高楼，尽室仓皇过渡头。钿合金钗浑抛却，高家兵马在扬州。江城细雨碧桃村，寒食东风杜宇魂。欲吊薛涛怜梦断，墓门深更阻侯门。(《梅村诗集》)

又：题董君画扇二绝云

过江书索扇头诗，简得遗香起梦思。金锁涩来衣叠损，空箱记取自开时。

湘君泡泪染琅玕，骨细轻匀二八年。半折秋风还入袖，任他明月自团圆。

吴梅村：听女道士卞玉京弹琴歌

驾鹅逢天风，北向惊飞鸣。飞鸣入夜急，侧听弹琴声。借问弹者谁，云是当年卞玉京。玉京与我南中遇，家住大功坊底路，小院青楼大道旁，对门却是中山住。中山有女娇无双，清眸皓齿垂明珰。曾因内宴直歌舞，坐中瞥见涂鸦黄。问年十六尚未嫁，知音识曲弹清商。归来女伴洗红妆，枉将绝技矜平康，如此才足当侯王。万事仓皇在南渡，大家几日能支梧。诏书忽下选娥眉，细马轻车不知数。中山好女光徘徊，一时粉

黛无人顾。艳色知为天下传，高门愁被旁人妒。尽道当前黄
屋尊，谁知转盼红颜误。南内方看起桂宫，北兵早报临瓜步。
闻道君王走玉骢，辂车不用聘昭容。幸迟身入陈宫里，却早名
填代籍中。依稀记得祁与阮，同时亦中三宫选。可怜俱未识
君王，军府抄名被驱遣。漫咏临春琼树篇，玉容零落委花钿。
当时错怨韩擒虎，张孔承恩已十年。但教一日见天子，玉儿甘
为东昏死。羊车望幸阿谁知，青冢凄凉已如此。我向花间拂
素琴，一弹三叹为伤心。暗将别鹄离鸾引，写入悲风怨雨吟。
昨夜城头吹觱篥，教坊也被传呼急。碧玉班中怕点留，乐营门
外卢家泣。私更装束出江边，恰遇丹阳下渚船。剪就黄绦贪
入道，携来绿绮诉婵娟。此地由来盛歌舞，子弟三班十番鼓。
月明弦索冷无声，山塘寂寞遭兵苦。十年同榜两三人，沙董朱
颜尽黄土。贵戚深闺陌上尘，我辈漂零何足数。坐客闻言起
叹嗟，江上萧瑟隐悲笳。莫将蔡女边头曲，落尽吴王苑里花。

又：赠寇白门诗_{自注：白门，故保国朱公所畜伎也。保国北行，被放仍}
返南中。秦淮相遇，殊有沦落之感。口占赠之诗云：

南内无人吹洞箫，莫愁湖畔马蹄骄。殿前伐尽灵和柳，
谁与萧娘斗舞腰。朱公转徙致千金，一舸鸱夷计自深。今日
只同勾践死，难将红粉结同心。同时姊妹入奚官，㧓酒黄羊去
住难。细马驮来纱罩眼，鲈鱼时节到长干。重点卢家薄薄妆，
夜深羞过大功坊。中山内宴香车入，宝髻云鬟列几行。曾见
通侯退直迟，县官今日锁娥眉。窈娘何处雷塘火，漂泊杨家有
雪儿。旧宫门外落花飞，侠少同游并马归。此地故人骑唱入，
沉香火暖护朝衣。

又：琴河感旧，并序

枫林霜信，放棹琴河。忽闻秦淮卞生赛赛到自白下，适逢红叶。余因客座偶话，旧游主人，命犊车以迎来。持羽觞而待，至侨骖初报，传语更衣，已托病痁，迁延不出，知其憔悴自伤，亦将委身于人矣。予本恨人，伤心往事，江头燕子旧垒，都非山上蘼芜。故人安在，久绝铅华之梦，况当摇落之辰，相遇则惟看杨柳，我亦何堪为别。已屡见樱桃，君还未嫁，听琵琶而不响，隔团扇以犹怜，能无杜秋之感、江州之泣也。漫赋四章，以志其事。

白门杨柳可藏鸦，谁道扁舟荡桨斜。金屋云深吾谷树，玉杯春暖尚湖花。见来学避低团扇，近处疑嗔响钿车。却悔石城吹笛夜，青骢容易到卢家。

油壁迎来是旧车，尊前不出背花愁。缘知薄幸应逢恨，恰便多情唤却羞。故向闲人偷玉筯，浪传好语到银钩。五陵年少催归去，隔断红尘十二楼。

休将消息恨层城，犹有罗敷未嫁情。车过卷帘劳怅望，梦来携袖费逢迎。青山憔悴卿怜我，红粉飘零我忆卿。记得横塘秋夜好，玉钗恩重是前生。

长向东风问画兰，玉人微叹倚阑干。乍抛锦瑟描难就，小叠琼笺墨未干。弱叶懒舒添午倦，嫩芽娇染怯春寒。书成粉箧凭谁寄，多恐萧郎不忍看。

又：锦树林过卞玉京墓诗

龙山山下茱萸节，泉响琤琮流不竭。但洗铅华不洗愁，形影空潭照离别。离别沉吟几回顾，游丝梦断花枝悟。翻笑

行人怨落花,从前总被春风误。金粟堆边乌鹊桥,玉娘湖上蘼
芜路。油壁曾闻此地游,谁知即是西陵墓。乌桕霜来映夕曛,
锦城如锦葬文君。红楼历乱胭脂雨,绣岭迷离石镜云。绛树
草埋铜雀砚,绿翘泥浣郁金裙。居然设色倪迂画,点出生香苏
小坟。相逢尽说东风柳,燕子楼高人在否?枉抛心力付蛾眉,
身去相随复何有。独有潇湘九畹兰,幽香妙结同心友。十色
笺翻贝叶文,五条弦拂银钩手。生死旃檀祇树林,青莲舌在知
难朽。良常高馆隔云山,记得斑骓嫁阿环。薄命只应同入道,
伤心少妇出萧关。紫台一去魂何在,青鸟孤飞信不还。莫唱
当时渡江曲,桃根桃叶向谁攀。

又:赠苏昆生绝句

楼船诸将碧油幢,一片降旗出九江。独有龟年卧吹笛,
暗潮打枕泣蓬窗。

有客新经堕泪碑,武昌官柳故垂垂。扁舟夜半闻芦管,
犹把当年水调吹。

西兴哀曲夜深闻,绝似南朝汪水云。回首岳王坟下路,
乱山何处葬将军。

故国伤心在寝丘,蒜山北望泪交流。饶他刘毅思鹅炙,
不比君今忆蔡州。

又:楚两生行,并序

蔡州苏昆生,维扬柳敬亭,其地皆楚分也,而又客于楚。
左宁南驻武昌,柳以谈,苏以歌,为幸舍重客。宁南没于九江
舟中,百万众皆奔溃。柳已先期东下。苏生痛哭,削发入九华
山中,久之从武林汪然明。然明亡之吴中。吴中以善歌名海

内,然不过啴缓柔曼为新声。苏生则以阴阳抗坠,分刌比度,如昆刀之切玉,叩之栗然,非时世所为工也。尝过虎丘广场大集,生睨其旁笑曰:"某郎以某字不合律。"有讪之者曰:"彼伧楚,乃窃言是非。"思有以挫之,间请一发声,不觉屈服。顾少年耳剽日久,终不肯轻自贬,下就苏生问所长。生亦落落难合。到海滨,寓吾里萧寺。风雪中,以余与柳生有雅,故为之立小传,援之以请曰:"吾浪迹三十年,为通侯所知。今失路,憔悴而来,过此惟愿公一言,与柳生并传足矣。"柳生近客于云间帅,识其必败,苦无以自脱。浮沉傲弄,在军政一无所关,其祸也幸以免。苏生将渡江,余作《楚两生行》送之,以之寓柳生,俾知余与苏生游,且为柳生危之也。

　　黄鹄矶头两楚生,征南上客擅纵横。将军已没时世换,绝调空随流水声。一生挂颊高谈妙,君卿唇舌淳于笑。痛哭长因感旧恩,诙谐尚足陪年少。穷途重走伏波军,短衣缚袴非吾好。抵掌聊分幕府金,褰裳自把江村钓。一生嚼徵与含商,笑杀江南古调亡。洗出元音倾老辈,叠成妍唱待侯王。一丝萦曳珠盘转,半黍分明玉尺量。最是大堤西去曲,累人肠断杜当阳。忆昔将军正全盛,江楼高会夸名胜。生死索酒倚长歌,中天明月军声静。将军听罢据胡床,抚髀百战今衰病。一朝身死竖降幡,貔貅散尽无横阵。祁连高冢泣西风,射堂宾客嗟蓬髼。羁栖孤馆伴斜曛,野哭天边几处闻。草满独寻江令宅,花开闲吊杜秋坟。鹍弦屡换尊前舞,鼍鼓谁开江上军。楚客只怜归未得,吴儿肯道不如君?我念邗江头白叟,滑稽幸免君知否。失路徒贻妻子忧,脱身莫落诸侯手。坎壈由来为盛名，见君寥落思君友。老去年来消息稀，寄尔新诗同一首。隐语藏名代客嘲，姑苏台畔东风柳。

徐元叹：赠范校书双玉 双玉名云，秦淮女子。文舍人有"相逢恨少珠千斛，问字云从玉一双"之句。

秦淮春水流碧玉，双鸳自覆烟蘺宿。水引香魂渐向吴，繁花开尽摇空绿。芳草沿门古岸横，相招吴语最分明。深帘度曲家家雨，小阁尝茶树树莺。耽游年少看成队，来往灯阴花影内。新衣窄袜索人怜，感梦驰情向谁在。桃李徒教蜂蝶忙，幽兰自爱谷中香。声名不用量珠价，词赋须窥宋玉墙。言甘体泽人思咽，只向图中偷半面。齐梁格调未嫌卑，惆怅诗成独不见。

周子俶：送卞玉京入道 周名肇，太仓人。

卞家碧玉总倾城，片片云鬟别样轻。一捻蛮腰抛细舞，半帘娇语话长生。蕃厘花暖裙犹住，桃叶潮来晕不平。我自蹉跎君未嫁，薛涛笺尾署瑶京。

王猷定：听柳敬亭说书 定，字于一，南昌人。

百万军中托死生，孙吴知此笑谈兵。千金散尽寻常事，不换盱眙市上名。

英雄头肯向人低，长把河山当滑稽。一曲景阳冈上事，门前流水夕阳西。

林云凤：陈保御席上赋得《相逢行》赠白小姬 白字夜来

行游偶过陈遵宅，投辖开樽夜留客。芙蓉浥露天稍凉，杨柳摇烟月将魄。画屏银烛烂齐光，仙姝冉冉来高唐。当阶响动珊瑚钏，隔座香生缟素裳。艳骨娉婷容色晔，自觉清真可人意。唇朱微剖齿偏明,蛾翠轻扬眼尤媚。相逢相见难为情,笑向檀郎问姓名。不是宫中秦弄玉,也应天上许飞琼。云与香山同一谱,小字夜来行第五。二七芳年已破瓜,楼头镇日教歌舞。歌舞教成复绝伦,学书曾学卫夫人。弹棋竹院围能解,蹴鞠花场态转新。有时低鬟按绿绮,弦声掩抑萦纤指。曲沼文鱼去复回,层空玄鹤飞还止。我闻此语重沉吟,不待横陈情已深。擘笺为奏相逢引,洛水巫云夜夜心。

田山姜:题《桃花扇》传奇

一例降旗出石头,乌啼枫落秣陵秋。南朝剩有伤心泪,更向胭脂井畔流。

白马青丝动地哀,教坊初赠柳圈回。《春灯》《燕子》桃花笑,笺奏新词狎客来。

江潮无赖弄潺湲,一载春风化杜鹃。却怪齐梁痴帝子,莫愁湖上住年年。

商邱公子多情甚,水调词头吊六朝。眼底忽成千古恨,酒钩歌扇总无聊。

零落桃花咽水流,垂杨憔悴暮蝉愁。香蛾不比圆圆妓,门闭秦淮古渡头。

锦瑟销沉怨夕阳,低回旧院断人肠。寇家姊妹知何处,更惜风流郑妥娘。(《古欢堂集》)

蒋虎臣:题金陵旧院诗

旧院荒基菜甲稠,佛庐灯火点前头。寒塘徙倚初更月,错认行人是夜游。

锦绣歌残翠黛尘,楼台塌尽曲池湮。荒园一种瓢儿菜,独占秦淮旧日春。

周贞蕙：喜寇白门校书南还

万苦千辛出帝畿，河冰夜雪少人知。临风一道乌蛮髻，直似三更魏博时。（京师破，校书马上驰还）

宫紫阳：春客长干，王元倬招集陈偕庵寓园，时寇姬白门在座

子夜层楼锁梦寒，一春心事向人难。才非救世官多误，客有闲愁吟未安。腰带半同青鸟瘦，泪珠时共美人弹。相逢击筑吹箫士，握手离亭仔细看。（《采山外纪》）

钱秉镫饮光：戏赠长干诸校书口号

宗人府第自称王，常是邀宾唤教坊。女客到筵惟拱手，随班入内拜娘娘。

为爱楼居少见人，画兰随意写风神。吮毫未下群催出，笑说新妆墨点唇。

沉水香微画烛前，众中无语影婵娟。王郎涂抹登场好，百样娇妆亦可怜。

名擅平康第一家，十娘生性本豪华。出题面试诸名士，中选方容共看花。

阿香一曲断人肠，也入班称姊妹行。记取扇头诗两句，梁园公子为倾囊。

良宵送客共登楼，含笑开尊且见留，直到临来亲附耳，那家要我为除馊。（《过江集》）

侯朝宗：金陵题画扇

秦淮桥下水，旧有六朝月。烟雨惜繁华，吹箫夜不歇。

（《壮悔堂集》）

王渔洋：秦淮杂诗渔洋《秦淮杂诗》原二十首，为有清咏秦淮诗绝唱，久已脍炙人口。《板桥杂记》只录其三，兹就《菁华录》选本录十首。

三月秦淮新涨迟，千株杨柳尽垂丝。可怜一样西川种，不似灵和殿里时。

潮落秦淮春复秋，莫愁好作石城游。年来愁与春潮满，不信湖名尚莫愁。

青溪水木最清华，王谢乌衣六代夸。不奈更寻江总宅，寒烟已失段侯家。

新歌细字有冰纨，小部君王带笑看。千载秦淮呜咽水，不应仍恨孔都官。

旧院风流数顿扬，梨园往事泪沾裳。樽前白发谈天宝，零落人间脱十娘。

傅寿青歌沙嫩箫，红牙紫板夜相邀。而今明月空如水，不见青溪长板桥。

新月高高夜漏分，枣花帘子水沉薰。石桥巷口诸年少，解唱当年白纻裙。

玉窗清晓拂多罗，处处凭阑更踏歌。尽日凝妆明镜里，水晶帘影映横波。

北里新词都易闻，欲乘秋水问湘君。传来好句红鹦鹉，今日青溪有范云。

十里清淮水蔚蓝，板桥斜日柳毵毵。栖鸦流水空萧瑟，不见题诗纪阿男。

又：赠李小凤诗

天涯芳草碧氤氲，拥髻灯前感少君。共道朱家轻一诺，非因萧寺识双文。定情欲赋明珰解，心字初浓斗帐薰。梦到葭萌关上去，还如萧总识香云。

花枝似玉映红颜，晓镜明窗几寸山。小阁春浓香蔽膝，后堂蝶拂玉交关。乍宜角枕袁生咏，自卖青溪卢女还。罨画楼台烟月夜，刘郎应不忆人间。

彭椅，字爱琴，溧阳人：《旧院行》为阎再彭题姜姬画兰作

素笺小幅悬秋榭，阵阵香风吹欲下。谁移九畹一枝兰，年年花叶无凋谢。并头花影不含颦，几叶萧疏淡出尘。襞染可怜传妙手，写来烟雨却如真。如真小字姜为氏，风流应善长干里。自书甲戌上元前，为赠翩翩蔡公子。公子才华宗伯家，南国徵歌遍狭斜。(蔡为鹤江宗伯子)云间莫生好词藻，坐看点染紫荆花。(姬自题云：时莫生云卿在坐，更助笔墨之兴)莫生蔡子百年后，如见幽兰亲写就。只今最怕石头城，多时芳草埋香绣。我曾十度过秦淮，无处颓廊觅断钗。何缘市上逢金碗，空向毫端赋锦鞋。笑侬家本金陵地，不知旧院多遗事。旧院歌楼三百春，风月莺花难尽记。记得城南淮水旁，善和坊对大功坊。文德桥头对南巷，鹫峰寺侧转西厢。西厢南巷皆香陌，踏成满路胭脂迹。青楼到处可停车，朱户谁家不留客。客来江上尽王孙，一望平康即断魂。树回杨柳多萦马，花发枇杷故掩门。门里阑干十二曲，儿家三女新妆束。自言好女恰姓秦，预料小名多字玉。玉女朱娘未出来，帘内嗔教阿母催。昨日

避人调锦瑟,今晨闻客下梳台。便令却扇歌宛转,微赪翻怪桃
花浅。蓝尾酒倾灯下欢,红笙汗透宵分喘。歌舞相寻暮复朝,
容易缠头百万销。方矜玉钏光同腕,更索罗裙色称腰。当时
红板桥边路,络绎香舆织烟雾。只听日日弄银筝,尽说家家拥
钱树。钱树移来金穴边,豪华巨贾与少年。多邀狎客费杯斝,
又买新姬教管弦。满城笙管风吹散,万紫千红齐烂漫。最先
一本凤尾兰,红锦千端还不换。采兰时上木兰舟,莲花开后向
西洲。不论重阳与寒食,名流争约共遨游。来游灵谷看梅早,
又踏雨花台畔草。乌龙潭上桨咿哑,桃叶渡前歌懊恼。懊恼
于今奈若何,正嘉前事已多讹。赵家供奉无人说,(武皇时,赵
燕如善音律,徵入供奉)但说湘兰胜迹多。(神庙时,金陵院中
以马湘兰为第一)湘兰昔住青溪上,几架吟诗楼自创。只有王
生得入来,描兰写竹常相向。(湘兰善写兰竹,与王伯谷最善)
闻道王生愧不如,才子江南尽曳裾。漫教白凤夸词客,还向碧
鸡寻校书。此时旧院真繁盛,五侯七贵争交聘。每将上坐逊
红裙,不许庸奴窥翠镜。北里齐名赵彩姬,(赵今燕,与湘兰同
居)后来朱郑亦称奇。象管鸾争歌夜夜,燕钗凤帔舞时时。便
房曲馆常留恋,技巧兼呈心目眩。或能挝鼓声如雷,或能投壶
光若电。或能弹棋拂手巾,或能操琴听游麟。或能霹雳自控
矢,或能蹴鞠不动尘。更有吴门薛素素,弹丸走马翻身顾。(素
素,吴妓,善弹丸走马)于中绝技何者无,尤竞新诗吟柳絮。
诗能柳絮画能兰,湿雾轻烟墨沈残。黄金买赋犹为易,红叶留
题始信难。旧院当年推领袖,锦江莫出湘江右。屈指姜姬正
并时,如真岂在守真后。(姜名如真,马名守真)彩云化去百年

中,旧院楼台倏已空。忍教回首蘼芜径,莫结同心松柏丛。西陵松柏何从问,巷改乌衣为马粪。落花还听鹧鸪啼,横塘久散鸳鸯阵。非徒旧院最伤心,火内离宫不可寻。白发乱余亡故老,翠钿消后绝知音。二十年来江上曲,那堪玉树今番续。燕子斜阳晚自红,台城荒草秋还绿。我从旧院路旁过,何曾仿佛遇凌波。土花纵处沉钗股,瓦蔓粘时拭黛螺。院内于今惟菜圃,翻看纸上留兰谱。一代美人香草魂,可怜都被君收取。兰叶兰花有几茎,为君翻作旧院行。忽教往恨成新恨,应化无情作有情。

嗣芬按:题为姜姬画兰而作,却从武皇说到天、崇,即北里之盛衰,观出国家之兴废。与余澹心《板桥杂记》,用意正同。第《杂记》以记事体,累数万言;此则以歌行出之,尤为难得,视杜茶村《灯船鼓吹曲》有过之无不及。中间叙坊巷名称,历历如绘,令读者如置身其中,尤可补志乘之缺。是一篇有关系文字,不得以寻常香艳诗目之也。

毛西河:赠柳生诗,有序

柳敬亭说书人间者几三十年,逮入越,老矣。杨世功曰:"敬亭将行,不得大可诗,且不得一会祖道,似恨然者。"予时病,强起,将从之,汗接下,不果可往。敬亭书至,云:"如相会者。早间世功言及相会,惜言相会只此。"是时寓康臣宅,发缄皆笑。后二日,敬亭止梅市。予与康臣遂赴焉。再说书,聆之,感于心。然实病,不能赋诗也。口吟二绝以赠行。

扶病来看柳敬亭,秋花满树石榴屏。江南多少前朝事,说与人间不忍听。

枚生未作梁园赋,吴客将行越水滨。怪底观涛能解病,原来君是广陵人。

龚芝麓:赠柳敬亭词

骠骑将军,异姓诸侯,功名壮哉乎南楼。传箭大航,风鹤中流,摇橹溢浦蒿莱。片语回嗔,千金逃赏,遮客长刀玩弄来。堪怜处,有恩门一泪,青史难埋。偶然座上诙谐,博黄绢新词七步才。似筹兵北府,碧油晨启;把棋东阁,展齿宵陪。春水方生,吾当速去,老子遨游颇见哀。尽山川,六代箫鼓千杯。

按: 此词前半,即纪宁南事。筹兵北府四句,则谓吴桥范司马、桐城何相国也。

又按: 柳本姓曹名迨春,见顾开雍《柳敬亭歌序》;苏本姓周名如松,见《板桥杂记》。钱牧斋、吴梅村、黄梨洲均为柳敬亭作传。

冒辟疆:赠柳敬亭诗

忆昔孤军鄂渚秋,武昌城外战云愁。如今衰白谁相问,独对西风哭故侯。

朱竹垞:题顾夫人画兰

眉楼人去笔床空,往事西州说谢公。犹有秦淮芳草色,轻纨匀染夕阳红。(夕阳红,兰名。见金漳赵氏谱)

又:秦淮舟中作

闻道秦淮乐未阑,小长干接大长干。桃根桃叶无消息,肠断东风日暮寒。(以上《曝书亭集》)

汪蛟门:柳敬亭说书行

田巴既没娲通死,陆贾郦生呼不起。后人口吃舌复僵,雄辩谁能矜爪嘴。吴陵有老年八十，白发数茎而已矣。两眼未暗耳未聋，犹见摇唇列牙齿。小时抵掌公相前，谈奇说鬼皆虚尔。开端抵死要惊人，听者如痴杂悲喜。盛名一时走南北，敬亭其字柳其氏。英雄盗贼传最神，形模出处真奇诡。耳边恍闻金钱声，舞槊横戈疾如矢。击节据案时一呼，霹雳迸裂空山里。激昂慷慨更周致，文章仿佛龙门史。老去流落江湖间，后来谈者皆糠秕。朱门十过九为墟，开元清泪如铅水。长安如舍忽相见，龙钟一老胡来此。剪灯为我说齐谐，壮如击筑歌燕市。君不见原尝春陵不可作，当日纷纷夸养士。鸡鸣狗盗称上客，玭珋为簪珠作履。此老若生战国时，游谈任侠差堪比。如今五侯亦豪侈，黄金如山罗锦绮。尔有此舌足致之，况复世人皆用耳。但得饱食归故乡，柳乎柳乎谭可止。

倪阖公：秦淮绝句阖公名粲，上元人。

苏娘一曲恨全消，云作衣裳柳作腰。而今明月空如水，不见青溪旧板桥。

陈其年：听白生弹琵琶

落拓司勋有鬓华，飘零瘦沉客天涯。那堪水碧山青日，坐听当筵穆护沙。玉熙宫外缭垣平，卢女门前野草生。一曲红颜数行泪，江南祭酒不胜情。（梅村《琵琶行》即为生作）贺老琵琶识者稀，开元乐部事全非。虢姨已去宁王死，流落江东一布衣。十载伤心梦不成，五更回首路分明。依稀寒食秋千院，帘幕重重听此声。纵酒狂歌总绝伦，曾将薄艺傲平津。江南江北千余里，能说兴亡是此人。醉抱琵琶诉旧游，秃衿矫帽脱帢头。莫言此调关儿女，十载夷门解报仇。感慨凄凉复窈濛,细如春梦疾如风。少年漫把红牙拍,此是檀槽太史公。森森浔阳秋复春,琵琶亭下事成陈。因君今夜凄凉曲,重忆元和白舍人。

又:题左宁南与柳敬亭军中说剑图歌

宁南嘻喈大出师,军中百戏无不为。浔阳战舰排千里,夜阑说剑孤军里。虎头瞋目盘当中,其意自命为奸雄。说时帐前卷秋月,说罢耳后生悲风。军中语秘听者死,寂不闻声夜如水。左坐一将军,右坐一辩士。辩士者谁老无齿,魋颜折胁丑且鄙。得非齐蒯通,乃是柳麻子。此翁滑稽真有神,少年矫捷矜绝伦。青春亡命盱眙市,白发埋名说事人。宁南置酒军中暇,爱翁说剑真无价。横刀讵趣提汤烹,洗足宁来踞床骂。飘零人树蔓寒烟,翁也追思一惘然。西风设祭悲彭越,夜雨传神倩郑虔。感恩恋旧缠胸臆,故国无家归不得。恶少侯王尽可怜,三更灯火披图泣。

宗定九:雪霁索横波夫人画,芝麓奉常草书

晓气重重透薄帏,八窗深锁日丝飞。卫郎已盥芰蕖面,小玉应薰豆蔻衣。绕屋寒梅花暗落,一亭香雪客来稀。奉常词赋夫人画,好展冰绡对案挥。

周在浚:金陵古迹诗 在浚,字雪客。祥符人。

风流南曲已烟销,剩得西风长板桥。却忆玉人桥上坐,月明相对教吹箫。(旧院有长板桥为最胜。今院址为菜圃,独板桥尚存。当时曲中,以沙嫩箫为第一)

曲终肠断李龟年,北调于今迥不传。一片筝琶凡响遏,渊渊声中碧云边。(旧院老乐工唱北调,以琵琶和之,云是宫

中所传）

春草王孙没见期，夕阳犹挂柳丝丝。世恩楼上风流事，独有春来蝴蝶知。（东花园，园有世恩楼。徐髯仙篆匾，今废）

龙笛新裁二尺长，中悬画鼓大如筐。万人喝彩灯船过，百盏琉璃赛月光。（秦淮灯船所奏，皆宫中乐。乐半吹笛喝彩，其声如雷。闻宫中元夕奏乐亦然。前朝盛时，灯船多至五十七只）

顿老琵琶奉武皇，流传南内北音亡。如何近日人情异，悦耳吴音学太仓。（南院顿老琵琶，是威武南巡所造法曲。今太仓弦索胜，而北音亡矣）

桃根桃叶画楼多，秋水秋山唤奈何。几曲小栏明月底，有人曾此别横波。（桃叶渡头丁老河亭，钱虞山、龚合肥常主于其家）

钱牧斋：丙申春就医秦淮，寓丁家水阁两月，临行三十首留别、留题，不复论次，兹录十二首

数茎短发倚东风，一曲秦淮晓镜中。春水方生吾速去，真令江表笑曹公。

舞榭歌台罗绮丛，都无人迹有春风。踏青无限伤心事，并入南朝落照中。

苑外杨花待暮潮，隔溪桃叶限红桥。夕阳帘外春如水，丁字帘前是六朝。

梦到秦淮旧酒楼，白猿红树蘸清流。关心好梦谁圆得，解道新封是拜侯。

东风狼籍不归轩，新月盈盈自照门。浩荡白鸥能万里，春来还没旧潮痕。

欹斜席帽五陵稀,六代江山一布衣。望断玉衣无哭所,中箱自折蹇驴归。(重读纪伯紫懋叟诗)

钟山倒影浸南溪,静夜欣看紫翠齐。小妇妆残无个事,为怜明月坐花西。(寒铁道人余怀所居,面南溪,钟山峰影下垂)

河岳英灵运未徂,千金一字见吾徒。莫将抟黍人间饭,博换君家照乘珠。(澹心方有采诗之役)

麦秀渐渐哭早春,五言丽句琢清新。诗家轩鬴今谁是?至竟离骚属楚人。(杜于皇近诗多五言今体)

江草宫花洒泪新,忍将紫淀谥遗民。旧京车马无今雨,桑海茫茫两角巾。(张二严季筏为其兄文峙请志)

著论峥嵘准过秦,龙川之后有斯人。滁和自昔兴龙地,何处巢车望战尘。(于皇弟苍略挟所著史论游滁、和间)

寇家姊妹总芳菲,十八年来花信违。今日秦淮恐相值,防他红泪一沾衣。

又:秦淮水亭逢旧校书水亭在青溪、笛步间。旧校书,女道士净华也。

不裹宫妆不女冠,相逢只作道人看。水亭十月秦淮上,作意西风打面寒。

妆阁书楼失绛云,香灯绣佛对斜曛。临风一语凭相寄,红豆花前每忆君。

棋罢歌阑抱影眠,冰床雪被旧因缘。如今老大翻惆怅,重对残灯说往年。

金字经残香母微,啄铃红嘴语依稀。新裁道服莲花样,也似雕笼旧雪衣。

又：灯屏词为龚孝升顾夫人作

天河横转酒旗斜，月驾青银驻绛纱。歌阕落梅人未醉，碧桃何事旋开花。

神索风传台柏枝，天街星傍火城移。袖中笼得朝天笔，画日归来便画眉。

换徵移宫乐句多，玉箫风急渡银河，星娥月姊惊相问，天上何人窃九歌？

络角星河不夜天，花开花合不知眠。小红一片才飞却，却怪人间又一年。

泼墨崇兰泛晓霞，石城玉雪漾平沙。骚人香草休题品，此是西天称意花。

三月莺花玉蕊遥，文章江左依灵箫。不知谁度灯屏曲，唱遍扬州廿四桥。

又：寿丁继之七十，四首录二

左右风怀七十年，花枝酒海镜台前。每凭青鸟传书信，不欠黄姑下聘钱。无事皱眉常自慰，有人拥髻正相怜。笑他丁令千年后，化鹤归来劝学仙。

白下藏名七十年，博场酒肆笛床前。传来建业三台曲，留得开元半字钱。荫藉金张哪可问，经过赵李总堪怜。系腰莫笑吾衰甚，云母餐来共作仙。

又：次韵赠张燕筑

碧云红树梦迢遥，那有闲情付脚腰。曾向天家偷摩笛，亲从嬴女教吹箫。

一生花月张三影，两鬓沧桑郭四朝。多谢东风扶素发，春来吹动树头飘。

曲江野老复何为，调笑排场顾影时。地上白毛如短发，天边青镜与长眉。

秦淮明月金波在，灵谷梅花玉笛知。绣岭宫前歌一曲，春风鹤发太平期。

又：题丁家河房亭子在青溪、笛步之间

花边柳外市朝新，梦里华胥自好春。夹岸曲尘三月柳，疏窗金粉六朝人。小姑溪水为邻并，邀笛风流是后身。白首吴钩仍惜客，看囊一笑是长贫。

又：题金陵丁老画像四绝句

辇毂繁华双鬓中，太平一曲旧春风。东城父老西园女，共识开元鹤发翁。

发短心长笑镜丝，摩娑皤腹帽檐垂。不知人世衣冠异，只道衣冠岸接䍦。

倚杖钟山看落晖，人民城郭总依稀。闲揩老眼临青镜，可是重来丁令威？

独坐青溪照鬓丝，小姑何处理蛾眉。画师要著樊通德，难写银灯拥髻时。

又：书夏五集示河东君

帽桅敧侧漉囊新，乞食吹箫笑此身。南国今年仍甲子，西台昔日亦庚寅。闻鸡伴侣知谁是，画虎英雄恐未真。诗卷丛残芒角在，绿窗剪烛与谁论。

又：左宁南画像歌，为柳敬亭作

何人踞坐戎帐中，宁南彻侯昆山公。手指抨弹出狮象，

鼻息呼吸成虎熊。帐前接席柳麻子，海内说书妙无比。长揖
能令汉祖惊，摇头不道楚相死。是时宁南大出师，江湘千里连
军麾。每当按甲休兵日，更值椎牛飨士时。夜营不喧角声止，
高座张灯拂筵几。吹唇芒角生烛花，掉舌波澜沸江水。宁南
闻之须猬张，伏飞枥马俱腾骧。誓刳心肝奉天子，拚洒毫毛布
战场。秦灰烧残汉帜靡，呜呼宁南长已矣。时来将帅长头角，
运去英雄丧首尾。倚天剑死亲身匣，垂敝犹兴晋阳甲。数升
赤血喷余皇，万斛青蝇掩墙霎。白衣残客哭江天，画像提携诉
九泉。舌端有锷肠堪断，泣下无珠血可怜。柳生柳生吾语尔，
欲报恩门仗牙齿。凭将玉帐三年事，编作金陀一家史。此时
笑喙比传奇，他日应同汗竹垂。从来百战青磷血，不博三条红
烛词。千载沉埋国史传，院本弹词万人羡。盲翁负鼓赵家庄，
宁南重为开生面。

纪伯紫：赠小宛，为冒巢民赋

靥响轻风送过廊，为看白石坐溪光。花沾夕露连心静，
玉抱秋灯具体香。女伴懒要双陆剧，砚山频仿十三行。闭门
夫婿兼师友，深翠堂中仔细商。

梁玉立清标：赠柳敬亭南归白下

三十年来说柳生，留髡此日绝冠缨。指挥旧事如图画，
对汝堪移万古情。

阅尽桑田一布衣，冶城深处有柴扉。春来数醉荆卿酒，
风起杨花送客归。

军中轶事语如新，磊落宁南百战身。为问信陵当日客，
侯门谁是报恩人。

齐谐志怪讵荒唐，抵掌风云起座旁。天宝尚存遗老在，何戡白首说兴亡。

龚芝麓：王生挽歌

春风几日拂朱弦，玉骨生将麈尾填。云散画梁人未老，转伤红豆李龟年。

风急江城卷暮潮，樽前碧月尚春宵。王郎已死清歌歇，愁听东吴紫玉箫。

寒食棠梨野水昏，孤舟细雨隔江村。鹧鸪声急千山暮，玉笛分明话断魂。

周永年：赠董校书白

石墨双丸笔一床，不教添作远山妆。正逢桃李当春月，倍觉芳兰竟体香。眉带轻颦欢未剧，颐含微笑恨翻长。破瓜时过千金意，碧玉回身肯就郎。

吴菌次：董少君哀辞少君一字小宛。

憔悴春衫杏子纱，潘郎二月葬梨花。愁能无泪天将老，死到多情月不华。抛散珍珠思闹扫，丢残铁拨在琵琶。莫言蜡烛因灰尽，想到当年油壁车。麻姑去后小姑闲，独剩双成又早还。此日若教居海上，当年何事降人间。青丝有结宽腰带，白玉无心认指环。地下果容长见忆，也应愁损旧眉湾。京中环珮望迟迟，肠断春蚕死后丝。儿女何能知古处，英雄谁信不时宜。支离白月长生语，零落红笺小字诗。莫怪东阳新病沉，十年吾亦为花痴。月路云阶信渺茫，愁人夜起合欢床。娇心欲尽原非福，薄命无才或可长。雕玉枕沾桃瓣粉，缕金箱叠藕丝裳。痴魂不逐梨云去，肯向巫山魅楚王。

许海秋：《板桥杂记》书后《金镂曲》，并叙

吾乡许海秋先生宗衡，道光甲午举人，咸丰季年成进士，官起居注主事，继梅、管之后，以古文词名海内。先生之文，不为桐城末派所拘，盖合骈、散为一手者也。著有《玉井山馆集》。有《金缕曲》词，书余澹心《板桥杂记》后，并叙云：

曩读曼翁斯编，心辄低回。窃以顿老琵琶，妥娘词曲，人间天上，事艳情哀。乃至葛嫩、李香，贱能抗节，魁箫卯笛，听辄增悲。几类国觞，有同祸水，方诸志乘，亦系兴亡。嗟乎！秦淮呜咽，谁忆前尘；粤寇披猖，倏遭今劫。岁在癸丑孟春之月，仆在江上，仓卒北征，时贼骑距城不四百里。堞兵甫集，烽火烛天。仅二旬，而金陵瓦解矣。侯景谁迎，袁粲徒死，曰为改岁，未复岩疆。呜呼！江关残破，亲故流亡，慨念昔游，都非旧梦。衣裳蝶化，楼阁薪烧，一付劫灰，无从吊影。桓子野奈何之叹，贺方回断肠之词，载诵斯编，抑又伤已。夫事非同轨，感无异情。曼翁此作，胜国难忘；仆念故园，亦滋慨息。昔之招邀胜侣，流连景光，南部烟花，东山丝竹，坠欢难拾，逝水不回。遑问前因，空成死别，奚必他时凭吊，始为伤心之事哉。仰天掩卷，歌呼乌乌，因为此词，用谂同调。词云：

别有伤心事。尽消磨、劫灰金粉，大江东去。楼阁斜阳容易晚，呜咽青溪如诉，只衰柳残鸦无数。龙虎雄图悲竖子，剩遗编细载闲歌舞。亡国恨，哽难语。年来烽火台城路。念无端、家山唱破，凄凉无主。似有箫声闻鬼哭，忍忆板桥风雨，漫惆怅美人黄土。绕郭旌旗霜影重，恐将军愁击军中鼓。早哀绝，子山赋。

先生遭长发之乱，流离北迁。此词伤今吊古，一往情深，借他人酒杯，浇自己磊块。想见酒场歌板，举目沧桑之况，每读一过，真令我回肠荡气也。（嗣芬谨识）

本编记言，采取题咏，均以当时与前记人物有关者为限。若后来关于此种文字，虽有佳篇，亦从割爱。盖余所谓补者，乃以其人、其事、其言，皆为澹心见闻所及，应入《杂记》而漏未叙录，故为之补记。惟编末载许词一阕，虽属破例，然以其为《板桥杂记》书后而作，则即以为吾书之跋语可也。（嗣芬再识）